米娅 "圆梦" 系列

- VOGLIO FARE L'INNAMORATA-

我想谈恋爱

[意大利] 保拉·扎诺内尔/著

李晓彤 张 密/译

南方传媒　花城出版社

中国·广州

图书在版编目（CIP）数据

我想谈恋爱 /（意）保拉·扎诺内尔著 ; 李晓彤,
张密译. -- 广州 : 花城出版社, 2023.6
　　（米娅"圆梦"系列）
　　ISBN 978-7-5360-9682-0

Ⅰ．①我… Ⅱ．①保… ②李… ③张… Ⅲ．①长篇小
说-意大利-现代 Ⅳ．①I546.45

中国国家版本馆CIP数据核字(2023)第104842号

版权合同登记号：图字：19-2020-132 号
VOGLIO FARE L'INNAMORATA by Paola Zannoner
World copyright © 2014 DeA Planeta Libri S. r. l., Novara, www. deaplanetalibri. it
本书中文简体版专有出版权经由中华版权代理有限公司正式授权

出 版 人：张 懿
责任编辑：欧阳佳子 揭莉琳
责任校对：李道学
技术编辑：凌春梅
插 　 画：黄沛云
装帧设计：迟迟工作室

书　　名	我想谈恋爱
	WO XIANG TAN LIANAI
出版发行	花城出版社
	（广州市环市东路水荫路 11 号）
经　　销	全国新华书店
印　　刷	深圳市福圣印刷有限公司
	（深圳市龙华区龙华街道龙苑大道联华工业区）
开　　本	880 毫米×1230 毫米 32 开
印　　张	7.5 5 插页
字　　数	140,000 字
版　　次	2023 年 6 月第 1 版 2023 年 6 月第 1 次印刷
定　　价	59.00 元

购书热线：020-37604658　37602954
花城出版社网站：http://www.fcph.com.cn

送给住在我家的灵魂

你说的爱，那是什么东西？

序言

今早好黑好冷啊！

困倦的我上眼皮打着下眼皮，把手伸向床头柜想打开台灯。我到处按，越按越焦虑，我感觉好像不仅开关不见了，灯线和灯也都不见了。床头柜又冷又滑，像是一块玻璃。上面好像还有一个杯子，但我明明记得我昨晚没喝什么。这是我自己的房间吗？

我在昏暗清冷中到处乱按，床单发出噼里啪啦的响声，我的第一反应（很傻的想法）是我床上既没有床单也没有被子，只有羽绒被和羽绒被套，它们是发不出这种声响的。一想到这里，我浑身起了鸡皮疙瘩。而且，我平时穿的是毛绒睡衣，而现在我的手腕、脖子甚至是脑袋都感觉很痒。于是，我就不再继续胡乱地用手摸索着去找床头柜了。我自己按了按手臂和颈部，可怕地发现我竟穿着花边类的衣服，好像是一件婚纱。我的头上也有一顶可笑的帽子，它遮住了我的前额，这是什么玩笑？谁半夜给我戴上帽子的？是谁给我脱掉了睡衣并换上一件及脚的花边衬衫裙的？我非常生气，一把将头上的小帽扯了下来，同时想大声呼喊出来。不行，首先我要弄明白。我昨天晚上是穿着自己平时的睡衣上床睡觉的吗？是，肯定是的！平时的睡衣、被子、台灯和床头的手机（顺便提一句，我现在十分想知道发生了什么），一切都和平时一样，除了这本我刚开始看的书。

这是我哥哥在我生日时送给我的一本小书，是简·奥斯汀在十四岁时写的故事《爱情与友谊》。简·奥斯汀是18世纪末的英国女作家。《傲慢与偏见》《理智与情感》是她年轻时写的，但当时不怎么受人重视。谁能想到，这些供人消磨时光的爱情故事是由一个和同时代其他女孩子一样注定要嫁人的女孩写出来的。但简没有嫁人，大概二十年后她又开始创作，这次还被出版了。总之，她走上了作家之路，而不是成为别人的妻子。当时的女性并不能从事作家这一职业。然而，今天，作家可以是女性，我也想成为作家。虽然一切看来都对我不太有利，但我仍在朝着这一目标努力。

大家经常说，十几岁写出一本小说是不可能的。

对啊！成为足球运动员、舞者、演员、歌手、滑冰运动员、奥林匹克体操运动员都有可能，但成为作家却不可能。人们说，要想当作家，需要学习知识和丰富经历。我很赞同。可是，我正在学啊，我上过写作课，也有在进行写作训练。关于经历，我不想写一本充满哲思的书，也不想写世界游记或者记述自己过往的生活。我只想从友谊和爱情出发，谈谈我作为女生所知道的事情。也许这就是我上大学的哥哥送我这本书的原因，他没有反复对我说十几岁的年纪写一本小说是一件不可能的事，在这一点上他与其他人不同。之前就有人做到过啊，例如著名的简，她可是在很小的时候就显露出写作的天赋了。

于是，我从昨天晚上开始读这本对话形式的小书，犹如在观看一场戏剧表演。看着看着我就睡着了，梦见了书中的那个房间，爸爸、妈妈和劳拉坐在燃烧着的壁炉前。突然有人敲门，但他们三个人并没有起身去开门，而是互相猜测着谁会在这个点到家里来。这个荒唐的画面就像电视小品里演的那样。奥斯汀怎么没写爱情故事呢？不，她怎么开始写起浪漫主义喜剧了？她可是最有名的写爱情故事的女作家之一啊！她看起来和我们当今这些女孩一样。好吧，环境完全不同，但她的精神……确实有震撼到我。我好像梦到我成了她故事中的人物，注意，现在是早晨，我确信自己很清醒。

一番挣扎之后，我把厚厚的被子扔到了一边，起床后我才发现床好像高了一倍，害得我下床还得小跳下去。幸好地上有柔软的东西，好像是个地毯。现在，透过像是一堵墙的东西——其实那是又重又暗的窗帘，我看到了亮光。我在冰冷的木质地板上走着，并没太在意。我抓住帘子，用力拉动它。这帘子也不是原来那个，之前那个轻轻一拉就动了。而这个帘子是硬挺挺的，不屈从于外力，怎么也拉不动。我开始和这个黑色的帘子较劲，我双手拽住它并往上卷，直到露出一条小缝隙，发现窗户也不是原来的那一个。眼前的这个窗户更大更长，还用木头镶了边，窗外也不是以前的那些楼房，而是一个深青灰色的花园。

我听到了像动画片里发出的"哦，哦"的呼喊声。我看了一眼我的房间，现在稍微亮了点，感觉像是在一所博物馆：还没收拾的床很古老，床两边有一些扭曲的小柱子，床头柜带着一个小门，我知道里面有一个便盆，那是在我们逛城市的历史档案馆时看到的。之前放台灯的地方现在却放着一盏油灯，床的另一边有一个屉柜，和奥林比娅姥姥的那个一模一样。这一切都很荒唐。我不知道该哭还是该笑，但有一件事我明白：我想醒来，回到自己的时代。

我深吸一口气喊道："啊！"

我相信我会醒来，而这些东西：窗帘和带扭曲柱子的床，寒冷和雾中的花园都会消失。

可是，我听到了小心的敲门声。

我问道："谁啊？"我睁大眼睛看向门。

外面传来的是女声："我能进来吗？"

我希望打开门的人是妈妈，也希望结束这个困扰我的梦，我僵硬地说："嗯，可以。"而通过门缝看到的是一位身穿及脚长裙，披着披肩的女人。她脸颊白皙，额头有两绺头发，脖颈上盘着发髻。我用手捂住嘴，再一次忍住没有喊出来。这个女人手里拿着一个装满东西的大托盘，上面摆放着：金属茶壶、小罐子、杯子、面包和甜点。她径直朝着屋子角落的小桌子走去并温柔地对我说："你要是还没穿好衣服的话，也不用担心，如果你愿意，吃完早饭再穿也可以。"

我看了看我穿的长衬衫，我这哪算是穿衣服了！只能说是裹了个东西。我的牛仔裤、毛衣和运动鞋上哪儿去了？

"不好意思，我找不到……"我嘟哝着，不安地说道。

"你的衣服在这儿，都叠好了。"她看着我，对我的迷惑感到有点吃惊。她指着单人沙发上那件和她的衣服差不多的又长又平整的长裙。沙发下面有一双系带的小靴子。我做的噩梦细节真全啊。

"你睡得好吗？"这个女人笑着问我。从她的眼中，我看出她似乎对我表现出的不自在产生了疑惑。我的脸颊很热，我可能脸红了。坦白说，如果不是特殊情况，我从没脸红过。不过，我的脸红倒是让她感到舒心，因为她的目光变得更加友好，还热情地微笑。"亲爱的，你慢慢吃早餐，我在下面的小客厅等你。"

"十分感谢。"我的声音小到像是耳语。"嗯……"我想向她询问：你是谁？但我心中闪过一个想法：这问题不合适。她看起来好像认识我，可能我也认识她，很明显，这个噩梦就好像在我不知情的时候，把我放到了一个不熟悉的朋友或亲戚家里，让我十分不自在。我不会问这个幽灵是谁，也不会给噩梦可乘之机，它也许会把这位可爱的女士变成一个铁指钢爪、声音阴沉的怪兽。于是，我自己纠正道："我可以对您以你相称吗，女士？"

"亲爱的，当然！你只须叫我简就好了！"

我吓了一跳。我好好地看了看她：天哪，是她！我昨天在维基百科里看到了她的肖像！我心潮澎湃，轻声地问她："简·奥斯汀吗？"

"别客气，叫我简就可以了。"

人物表

姓　名	身　份
简·奥斯汀	幽灵
米娅	女主人公
克劳迪娅	米娅妈妈的朋友
奥林比娅	米娅的姥姥
安德里安娜	克劳迪娅的姨妈（米娅的姨姥姥）
珍妮	米娅的闺密
肖恩	米娅的男朋友
奈路斯科	克劳迪娅的老朋友
法布里奇奥	克劳迪娅的现男友
特隆贝蒂	米娅的教授
阿尔德里格	克劳迪娅的前男友
罗莎	米娅的姑奶奶
安迪	米娅的朋友
贝尔尼	米娅的哥哥
荷马	甜品店老板

米娅小说中的人物及其身份

姓　名	身　份
芙劳拉	女主人公
西娅	芙劳拉的亲妹妹
卡特琳	芙劳拉的表姐
莱斯特	芙劳拉的舅舅
珍妮弗	芙劳拉的表姐
汉密尔顿	芙劳拉的追求者
萧	芙劳拉的情人
温迪、塔克夫人	芙劳拉的妈妈
查理、塔克先生	芙劳拉的爸爸
莫莉	芙劳拉的舅妈
梅里尔	医生
罗斯	芙劳拉的表姐
卢卡斯	卡特琳的丈夫

目录

CONTENTS

1

一切的开始

　　"米娅，米娅！"这声音好像是从地下传来的回声。我醒了，没穿着长衬衫，而是穿了一件普通睡衣。这个房间让我想起了修缮过的19世纪的房子，现在我终于变回了我，天哪！我在克劳迪娅那个疯子的家里，也许是我疯了，竟然接受了她的邀请。其实一开始不是一个邀请，而是一个帮忙的请求："我必须把安德里安娜姨妈家里收拾好，但却不知从哪儿下手，你愿意帮帮我吗？"

　　我很犹豫，因为我从来就不喜欢帮我妈妈朋友的忙。首先，我妈妈总是在背后鼓动和编排我，她觉得有必要告诉我应该为那些人——就是那些无事不登三宝殿的亲朋好友做点什么。

　　现在，学校放假了，我父母觉得我不能整天躺着无所事事，可我觉得这是我的权利。因此，除了后两个月的计划（假期期间，每周都要学习、宿营、去爷爷奶奶家和朋友家），我还得陪克劳迪娅去收拾她姨妈留下的房子，这个房子所在的地方没法具体说，只能说是"乡下"。当然，这也是我的错，我没打听清楚。我没想过"乡下"指的是在一个有狼出没的孤零零的山头上，这里离最近的居民聚集区也有二十公里，很难通电，所以，也就没法通电话。因此，更甭提那些用于网络通信的设施了。结果就是这里什么也接不上，接不上线，接不上网，如果我们确实想和外界联系，就要费力乘车去镇上。另外，镇上也不一定有电，因为电路不稳定，有时候一连几天完全没电。

我知道，在这种情况下谁都想掉头跑掉。但我向你保证，房子确实很漂亮。说服我来这儿的，除了夏天可以在这儿做一些有趣的事情之外（我喜欢探索那些老旧玩意儿），还有克劳迪娅让我看的那些照片。照片中带着大玻璃门的白色别墅吸引了我，它看起来更像是海边的而不是山坡上的房子。后来，当我到这儿后才发现，房子比我想象中的更漂亮，一点也不破旧！玫瑰花圃沿着墙壁向上延伸，几乎达到了房顶。这房子像童话里的一样：有两层，并不宏伟，十分简朴。大拱门对着客厅，大厨房里有一个炉灶，石头质地的水池，砖头铺成的地面，客厅里有又大又舒适的沙发，还有一个瓷砖壁炉，我们在第一天晚上就用过，因为即使是在六月底，山坡上的温度也很低，夜晚十分冷，房子里更是冷冰冰的，毕竟已经好几个月没住人了。

克劳迪娅从一开始就抱怨："这真不是人干的活，我早就知道。安德里安娜姨妈什么都收藏，家里放得满满当当。这个房子又大，还是两层的，这活儿太累人了，我真不知道她是怎么在这儿独居活到八十岁的。这些老人身体可真硬朗，我才四十岁就力不从心了，很难想象等我到了八十岁会怎样。"坐火车来的前半程，她叽里呱啦翻来覆去地说着同样的话，让我都后悔接受了她的请求。我真的不愿意一连两个星期听她的抱怨。听她讲了不到三分之一，我就开始和我的朋友珍妮微信聊天，给肖恩发消息。我透过车窗向外面拍照，但很快又删掉了那些照片，因为拍出来的不是风景而是特别脏的火车车窗。

到车站后，我们乘了一辆大巴直达镇上，见到了约定好来接我们的奈路斯科，他是安德里安娜姨姥姥信任的人。到这儿，克劳迪娅终于不抱怨了，好像不再自我怜悯，反而显示自己那出人意料的能力，开始在这个乡下老人面前扮演有能耐的城市女人。

"我们到了，你都还好吗，奈路斯科？你还是那么精明能干，对吧！这是米娅，是我好朋友的女儿，她来帮我收拾安德里安娜姨妈的东西，很棒，对不对？哎，想让现在的孩子来帮忙不容易，不像我们那时候，你还记得姨妈让我们干了多少活吗？摘水果，制糖果，劈柴，回到家时都快累死了，真是不可思议……"

总之，可怜的奈路斯科只得一直小声或点头表示赞同，克劳迪娅则一直开心地聊，随着车子向前开更加开心了。车子渐行渐远，从省道开进了一条竖直的马路，之后又转到了一条林中小路，不断向上爬升。

我看到一只长着漂亮的彩色羽毛的鸟飞起来，尖叫道："一只野鸡！"我也不知道自己是怎么认出来的，自从出生以来我就没见过这东西，当时我特别激动！

"到这上面就不仅仅是野鸡了。"奈路斯科笑着回答道。

"真的吗？有很多动物吗？"我从后座起身问道，像是回到了孩童年代。

他问道："你想要多少动物，孩子？"在克劳迪娅再次开始她那止不住的演讲之前，我随即例数起来：野兔、狐狸、豪猪、野猪、狍子，还有参观时一直围在安德里安娜姨姥姥家附近的獾。安德里安娜姨姥姥是一个奇怪的女人，在周游世界后她就喜欢单独待在那上面。

我觉得安德里安娜姨姥姥是个和蔼的人，我想她有克劳迪娅这样的外甥女真是个拖累，因为可以肯定，她从小就是个烦人的唠叨鬼。另外呢，克劳迪娅是老师，和孩子们一直反复不停的讲话方式在她身上已然成为一种职业病。或许她天生如此，当老师是她的必然选择。我妈妈是在戏剧课上认识克劳迪娅的，她一生都在上戏剧课，而且每年都排演让人看不懂的演出。她俩在台下的时候谈得有多么热烈，在台上的时候就有多么安静，她俩身穿白色长衫，在舞台上缓慢移动。不过，她们都很开心（几乎都是女性），导演对她们也十分满意。导演是一位有着浓密银色鬓发的老太太，每年在表演结束时，都会自豪地说："你们实现了自我超越！"如果她这么说……

总之，克劳迪娅是妈妈那些还没结婚的朋友中的一个。妈妈有三个这样的朋友，有两个已经有了男朋友，其中一个已经交往很长时间了，可就是不结婚，因为她的男朋友不喜欢"婚姻"这个词。另外一个已经分手了，正在重新寻找她的精神伴侣。而克劳迪娅则没有结过婚，她独居在一处公寓，不像她的三位朋友，她连只猫都没有，因为她对猫毛过敏。不过，她有三个小外甥，她爱他们，这些孩子是她的一个精明姐姐的。她姐姐十分愿意一到周末就把孩子交给克劳迪娅，这样可怜的克劳迪娅在周六、周日就有了额外的活儿。因为她是家里唯一一位单身的自由人，所以管理安德里安娜姨姥姥财产的事也就交给了她。她和安德里安娜姨姥姥一样是单身，一样是教师，不过姨姥姥是文学教授。几个月前，姨姥姥去世了，把房屋和财产留给了自己仅有的外甥女们。

一般来讲，人们都喜欢继承遗产，尤其是漂亮别墅。但克劳迪娅在得知自己要继承姨妈的遗产时却忧郁地说："天啊，现在要由我接手姨妈的房子了！那个房子根本卖不出去啊！"

"瞧你说的，你肯定能卖出去。"我妈妈一如既往地用坚定的语气对她说。

"你在开玩笑吗？不可能，那是一个荒无人烟的地方，连发展农村旅游需要的农舍都没有。姨妈当时一定是疯了，她是按照英式浪漫主义风格的别墅建的，你不觉得吗？"

"这样其实更好，你可以建旅馆，就是今天人们所说的那些魅力十足的房子。"我妈妈继续说。至少她是这样跟我说的，因为我没有亲耳听到她们谈论这些奇奇怪怪的话题，比如这个：在前不着村后不着店的地方建旅馆，谁会来呢？

克劳迪娅也反驳道："哪来什么旅馆，哪来什么有魅力的房子！这里满满当当的，有数不清的活儿要做，我没钱，没时间，也没有想法！这不是遗产，而是压在肩上的巨石。"

于是，妈妈产生了让我帮助克劳迪娅给安德里安娜姨姥姥家整理分类的卓见。这些东西看起来都可以卖了换钱，然后修房子。我妈妈喜欢安排别人的生活，这是跟我那个当将军的姥爷学的。但我姥爷退休了，也不发号施令了，可我妈妈还这么积极。于是，她就把我和她可怜的朋友安排到了一起，我把假期的一部分时间安排在了这儿。而克劳迪娅每年都忙于事业，从来没有萌发过来这么远的地方度假的念头，更何况她还得在她姐姐海边的房子里义务地照顾孩子。

不过，这所房子不是令人发疯的地方，也不是古迹，而是打理得很好的别墅，二楼有漂亮且浪漫的房间，我住在其中一间，是简·奥斯汀时代风格的房间。想到她我一点也不感到吃惊！不过……好像是真的。我确实仅仅是想到她了吗？

各种"古董"

　　我下楼时，经过了充满晨光的客厅。真壮观，朋友们！我本可以向肖恩介绍的！如果他在这儿的话，那这一定是一次真正的假期！而他却趁着我忙的这两个星期去了伦敦的爷爷奶奶家。这件事情让我无法平静。那可是伦敦啊！一个奇妙的城市。肖恩在那儿有很多朋友和亲戚。我就像睡美人住在森林里空荡荡的家，而他却可以去聚会、看电影、听音乐、在外面游玩，也许还有一些朋友的女性朋友相伴，然后……不，我不能再想了，我现在很嫉妒，我也不能给他打电话、发信息！我一边想一边在客厅和厨房间徘徊，也许等我到镇上后再给他发邮件会更好。

　　克劳迪娅用披肩把自己裹得严严实实的，她那盖住鼻子的披肩都快拖地了。她一看见我走过厨房门口，就开始抱怨："早上好，孩子，睡好了吗？我没睡好，还着凉了，呼吸也不畅，我可能对粉尘或一些花草过敏，衣柜里薰衣草那味儿太让我难受了。"

我试图换个话题，高兴地问她："你这粉色玫瑰图案的披肩真好看！你在哪儿买的啊？"

"这个？实不相瞒，我是在衣柜里找到的。今早我感觉要冻死了！我六点就被鸟叫声吵醒了！谁说的农村环境幽静？我郊区的家更安静……"

听着她的抱怨，我找了个地方坐下来，这时才忽然意识到，昨天我们什么东西也没买。哎，真棒！

"对了，奈路斯科的妻子把冰箱塞满了。他们夫妻俩特别热情，而且对食物特别着迷，你知道的，农村的人，他们害怕被饿死。"

太幸运啦！我装满了一大盘软软的甜点和两块黑面包，现在正在打开那罐克劳迪娅手指都没触碰过的罐子，里面盛满了自制的果酱。她真坏！她只是在那儿喝咖啡，却不知道夸奖一下给她盛满食物的我。她目光呆滞，表情伤感。就在我吃得起兴的时候，她告诉我她要去镇上。我跳了起来，赶紧吐掉口中那美味的甜点，高声说道："去镇上？那我也要去，我要……给我父母写信，你知道的，在这儿打不通电话。"

"你别担心，我会跟你妈妈说的。你该去藏书阁学习了，我要去药店，还得告诉奈路斯科付水电费的事，都是些琐事，我已经很烦了。"

我可不在乎她那些"日常焦虑",好奇地问道:"那你怎么去镇上?"

"开姨妈的车,就在这前面的小屋里,也是属于我的遗产。"每次说这句话,克劳迪娅都先吸口气然后再吐出来,好像是叹气。"这是辆旧车,但姨妈非常喜欢这个款式,她从来没想过扔了它。她还花了一大笔钱来装饰车身、换零件,把它装得像一级方程式赛车一样!"

"不是谁都能欣赏这古董车的美呢!"我感叹道,但我的热情并没能感染到克劳迪娅,她还是那样愁眉苦脸,可能是因为她今早起床太早了,比以往都早。

"什么古董啊!就是一辆破车,它就是件破烂。我记得我爸爸经常对我说这根本不是汽车。"

不管怎么说,我很好奇,为了和克劳迪娅一起去小屋看看那车到底是什么样子,我跑去换了件衣服。

在敞开的大门前,似乎是一辆黄色的有轮车,车的前灯像是两个灯笼,还有凸起的发动机盖子。

"真酷!"我惊呼道,甚至还鼓了掌,"是一辆有年头的车!"

"没多老,是1975年产的。"克劳迪娅一边开着门,一边这样说。

“天啊！它差不多有半个世纪了！这肯定是有年头了。”我重申道，克劳迪娅皱眉说：“别瞎说了，我出生时还没有这辆车呢，你是想说我比它的岁数还大吗？”

“有什么关系？东西老化得快。”我试着弥补口误就换了话题，“这辆车是什么牌子？”

“雪铁龙2CV。”她愁眉苦脸地上了车。由于她体重过重，座椅被压得咯吱咯吱地响。

“好像四轮马车一样。”我评价道。这时车开动了，喇叭声和普通车没什么两样。问题是车嘎嘎作响，这肯定是因为克劳迪娅太胖了，她又变得焦躁起来了。

在开着这辆古董车出发前，她把车窗摇下一半，看起来就好像是小衣柜的格子，并对我说：“最多几个小时我就回来了，如果汽车出了问题，我会找奈路斯科的，你一定不要担心。”

“好，你放心地去吧。”

“如果一会儿你想吃点零食……算了，我午饭的时候就回来了，你不用惦记了。”

“不，不……”我本来还想说“你对这两件事太上心了”。我挥着手冲她微笑，看着那辆黄色汽车就像鸡蛋黄一样在平整的马路上向前翻滚着。

噪声渐渐消失了，我环顾了一下周围。房子一侧的花园有好看的花，我推测那些树是果树。我进了屋，想戴着耳机听点音乐，便拿着手机和耳机上了楼，然后又一边唱着歌一边下楼来到了客厅。我收拾了一下厨房，从窗户里看到了不远处的森林，真希望看到克劳迪娅列表中提到的动物，结果连她所说的清晨群鸟合唱队里的一只鸟都没看到。是不是鸟叫的噪声吵醒了我，让我做了那种梦？

耳朵里的音乐让我想起我是21世纪的女孩，我只是来这儿干活的。因此，我觉得是时候去看一眼需要打扫的藏书阁了。我抓起克劳迪娅放在椅子上的那条带玫瑰图案的披肩，把它披在了肩上。家里还是有点冷，而我只穿了牛仔裤和背心。经过客厅时，我打开披肩，把自己裹在了里面。披肩又柔软又暖和，长得都到了我的膝盖。

藏书阁就挨着客厅，昨晚我们没时间进去，现在门也没锁着。我打开了门，在跨过这个幽暗的房间的门槛时，打了一个寒战。我反复地自言自语着，没事的，没事的。为了平复自己的心情，我继续听着音乐，朝着窗户走去，打开绿色丝绒的窗帘放点阳光进来。

人们说幽灵见到阳光就会魂飞魄散。但很明显，说这句话的人错了，因为我梦到的幽灵，穿着古老服装，面色苍白，还有盘着的发髻，从来都没消失过，反而更真实有形，优雅笔直地坐在书架前的小沙发上。她微笑着，她那明亮的眼眸看向我，嘴里念念有词，但我根本听不见她在说什么。对了！我还呆呆地站在窗前听着音乐呢。我甚至连自己的身体都感觉不到了，好像自己也变成了一个幽灵。

时光倒流

就像减速器一样，我慢慢地摘掉了一边耳机。

"不要像个雕塑似的站在那儿了，坐下吧。"

她这样轻声对我说，就和梦里的声音一样温柔。当然，她说的是英语。还好我有个英国男朋友，时不时地我们会用英语交流，虽然我们的交流从来都不是长对话……可我现在顾不上想肖恩，也顾不上自己多么想他。他现在要是和我在一起就好啦！可我现在要自己面对她，没错，就是她……简·奥斯汀！但我说这事谁会相信呢？肖恩肯定不会相信。我最好的朋友珍妮，她会相信吗？我为什么要和克劳迪娅那个疯子来这儿啊？我为什么要答应啊？为什么今早只有我自己待在这个幽灵居住的地方呢？

"我知道你在对自己问什么。"简·奥斯汀说，边说边做出有趣的表情，"你在问自己为什么会到这里来？"

我又慢慢地摘下另一边耳机。我一下也不敢动，更别说回答她了。我看过很多恐怖电影，所以知道人一旦说话，魔鬼就会发怒。我的舌头和上腭粘到了一起，我敢肯定是惊吓到说不出话了！

而简·奥斯汀和蔼地回答我："看起来，你有点后悔了。我知道发生了什么。昨天你满怀抱负地来到这儿，你对我说你是有追求的作家，对吧？"

我耸了耸肩，做出了一个保护自己的动作，同时对自己说：对，不夸张地说，现在我确实是作家……

"或者说是小说家，如果我没记错，你是这样说的。"

我下意识地摇了摇头，但她说得没错，我自认为是有追求的小说家。但是拜托！如果因为这样惊醒了已经逝去几个世纪的作家的灵魂的话，那我宁愿立刻改变志向！

她时不时抛出一些美妙的句子，虽然是两个世纪前的英语，但我都能理解。"亲爱的，你知道吗？我从没想过自己会有女学生，就像一开始写作时，我也没想过会有女读者。"

我不知怎么发出呼噜的喘气声，自己都吓到了。也许过一会儿，简·奥斯汀会害怕地站起来冲出房间。

"你看上去挺冷的，来，离炉子近点，别站在窗户那儿了。你披肩下穿了什么衣服？穿得很薄吧？"

我点头说："是。"我觉得自己变成了长着大耳朵不会说话的小飞象，但它至少可以随时飞走。我一边说着我要昏昏入睡了，一边向前走了几步，好回去接着做梦，想着等我走到沙发时，她就会消失了，我就能松一口气，从这儿走出去。等克劳迪娅一进家门，我会马上告诉她，我一点也不想整理她姨妈那吓人的藏书阁里那些破破烂烂的书了。我要回城，乘着大巴回到21世纪互联网发挥着巨大作用的社会，在那里不会再遇到幽灵，也不会连发短信求助都不行了。

可我现在与简·奥斯汀站得很近，我注视着她，心烦意乱。天哪，她和维基百科上的照片一模一样：深色眼睛，高鼻子，薄嘴唇，黑头发。她穿着一件浅绿色衣服，胸部、肩部和手臂都很合身，高腰裙摆十分宽松，长度及地，穿着一双一侧带扣的女鞋。在她肩膀和手臂上垂着一条羊毛披肩，比我这条印着黑土地和红玫瑰、充满异域风情的披肩更加质朴，此刻她正好奇地打量着我的披肩。她好像想问我从哪儿得到的这类东西，但她接受过的良好教育让她难以开口。再说，我是异国风味的，一个年轻的女学生，真希望他们之前说过我是外国人。要是她把我当成西班牙人，那红色披肩就太绝配啦。

她伸出手，抓住了我的手，我害怕得跳了起来。她好像没察觉到我的害怕，也许她错认为我是尴尬，她说："手可真凉，亲爱的，来暖和暖和吧。"

对，她的手不像死人的手那样冰凉，她的手比我的手还暖和、还柔软。她的头一歪指向了她面前的离火炉更近的单人沙发（我之前竟没意识到，不，我确信之前没有火炉），火炉里的小火堆发出橘红色的光，平平无奇。我顺从地坐了下来，拉紧自己的披肩，要是简·奥斯汀发现我里面就穿了短袖和牛仔短裤，她会怎么想？她会不会认为西班牙人是不穿衣服的，只穿着内裤在外转来转去的人呢？

"谢谢。"我终于小声地说出，很高兴知道自己还能说话。

"亲爱的，我一点也不想要你一来这儿就生病！"简·奥斯汀用和蔼的口气说。假如她没在两百年前去世的话，我认为她会比克劳迪娅更有活力，因为克劳迪娅总是死气沉沉的。

"我和你说过我有一个女学生就很骄傲了！一直以来，我写作就是为了消遣，是出于热爱，从未想过自己会有读者。"

"我懂。"我小声嘟哝着，又搩紧了我的披肩。我还在打战，可能我真的病了，浑身都在哆嗦。

"好，那你也会明白，能有一个女孩子如此痴迷我的小说，并且抱着明确的要向我学习的态度来到这里，于我而言，是多么惊喜的一件事情啊！"

然后我含含糊糊地说："是的，对，没错，但我没想过……"

"打扰一下，"她打断我，"亲爱的，我怎么才能让你完全放松下来呢？"

我使劲摇了摇头："不，我想说我没想过……"

她抿紧嘴唇，我意识到她总是不露牙齿地微笑，可能是因为在那个年代，笑的时候露出牙齿很粗俗吧。

"对，你说过你住得很远，因此，我们决定招待你。"

"我们？你和克劳迪娅吗？"我漫不经心地说，我妈妈的疯子朋友怎么会与幽灵合谋呢？

"卡桑德拉，她叫卡桑德拉。"

我睁大眼睛。哦，我的天哪！还有预言悲剧但没人听的奥德赛①猜想。

简·奥斯汀意识到我的惊慌，她有点困惑地解释："我的姐姐，卡桑德拉，不是克劳迪娅。"

如果我继续睁大眼睛面对着她，她一定会认为我是疯子或是傻子，她还会因让我出现在藏书阁给自己带来了麻烦而后悔。最终，她会觉得就是多个世纪和半个大陆的相隔造成了麻烦。因此，我最好先把害怕和困惑放一边，集中精神和这位坐在我面前的重要女作家友好交谈。

"我不知如何感谢您。"我主动说道，我试图使自己的说话方式符合当时最规范的方式，"您真是又真诚又周到，您真是优秀的人。"

现在，简·奥斯汀好像很高兴，她做了一个我的老师们听到

---

①　《奥德赛》是古希腊最重要的两部史诗之一，相传为诗人荷马所作，讲述的是奥德修斯十年海上历险的故事。

正确回答时常做的动作：慢慢点头。然后，她热情地惊呼："你太好了！你要相信，对我来说，夸赞一名学生真的很开心。尤其还是长途跋涉来认识我、向我学习的学生。这不会天天发生，对吧？至少对一位女士来说不是。"

我的老师们大多是女性，还有校长，也是一位十分年轻的女士。想到她们，我又想到妈妈剧院学校的导演还有其他在学习的女演员，甚至是诺贝尔奖的获得者们。我想说："确实发生了，不过是在两个世纪后！"我想到了简·奥斯汀出版的标注有"出自一位女士之手"的匿名小说。

"我非常钦佩您。"我激动地回答，"我确信你将是世界上最伟大的女作家。"

然后，简·奥斯汀，伟大的简·奥斯汀，脸红了！

她低下眼并摇了摇头，说："哦，你说什么呢？我写的故事很简单，有年轻女性和你这样的女孩子做我的小读者，我已经十分开心。"

她抬起头，紧紧握住我的手，眼中放出光芒。"但我十分感谢你，甜美的米娅，感谢你热情的鼓励。"

尽管很困难，但她是用意大利语说最后一个词的，我吃惊地张大了嘴："您会说意大利语？"

"一点"这个词，她也是用意大利语说的，然后又继续用之前温柔的英语说："我父亲之前教我们法语和意大利语，它们是最高雅、最有教养的语言。你来自那个我想参观的非凡的国家，真幸运！没准，将来有一天我会去参观的，毕竟现在法国战争已经结束了。"

什么战争？我盯着她想。然后我一只手捂着额头。"对啊，拿破仑战争①！"

不过，这时候简·奥斯汀道歉说："原谅我，我不应该和意大利女孩谈论这个严肃又敏感的问题！不提了，我们说点别的。我们说说你到我这儿来的原因——写作吧。"

"对，就是写作。"我重复了一遍，并自问：现在我对您说什么呢？她真诚地看着我，但我不知道该说什么。

"对。你和我说，你是来学习的。"

我点了点头。"对，没错，学习写小说。"我又不说话了，她就像老师一样，开始引导我说话。

"你昨天对我说，不要分心。"

昨天我说了多少？说了什么？我不是连藏书阁都没去，就直接去睡觉了吗？我又重复说："分心，对。"我不知道现在什么是分心，在简·奥斯汀的时代什么是"分心"：没有手机或电脑、电视、电影、摩托、快乐旅行、视频、聊天、流行音乐。那有什么呢？

---

① 拿破仑战争是指1803—1815年爆发的战争。

"我们总是因为没有写作的时间而感到不安，对吧？"

"好吧，不仅如此……还有对我们而言最重要的学习……"我冒着险说。

"确实是。"她突然严肃地答道，"我爸爸十分重视教育。你还能学习，真幸运！我们那时候，十几岁的女孩只需要学习如何当一名好妻子，这是一个众所周知的事实。"

我感到很懵，简·奥斯汀正在跟我讲她自己的故事吗？难以置信！

我低声反驳道："我认为真的不是这样。婚姻对现在的我来说还有点早……"

她又笑了，还看着我肯定地说："是的，亲爱的，在我们这儿也有点早，但是需要准备，对吧？学习音乐、刺绣、识字、缝纫、做家务，在社会中机灵些……总之，就是没时间写我们想写的东西，你同意吧？"

我同意。"您是怎么做到的？"

她张着嘴开心地大笑起来，然后又深沉地看着我，这让我开始哆嗦。"我会让时间变慢！"

"什么意思？"我迅速问道。虽然这是一个典型的当代问题，但她没眨眼还很肯定地回答道："在文学里，没有时间概念。"

重回今日

　　克劳迪娅把雪铁龙2CV停到了大门那儿，汽车的喇叭声让我想到了灰姑娘故事里响起的午夜钟声。我冲出藏书阁，也没和可怜的简·奥斯汀道别，开心地冲向拥有汽车，穿着短裤和靴子的女人的现代社会中。

　　"给我搭把手吧。"她说，好像比今天早晨去镇上时还开心。"都还好吗？"然后从头到脚地打量着我问道。

　　我意识到我还披着她的披肩，嘟嘟哝哝地说："好，好，我披了你的披肩，对不起，藏书阁里太冷了……"

　　"不是披肩的事，你披着吧，没问题……你看起来心烦意乱的，发生了什么事？"

　　"嗯，对……"我支吾着说，不知道是都告诉她，还是只告诉她一部分，又或者干脆啥都不告诉她。她肯定会觉得我疯了，但我需要向一个人说说这件事，否则我就要爆炸了！

"老鼠吗？有老鼠？"她问我，迅速激动了起来。

"不，哪有老鼠。"

"因为这家里有老鼠，姨妈有过四只猫，但现在……不过奈路斯科答应过我会把老鼠都消灭了。你确定没有老鼠吗？"

"没有，我向你发誓没有老鼠。"

"啊，好的，那还行。"她开心了起来，然后又问起之前的问题，"那到底怎么了？有人来过了？"她一连串问了好几个问题。

"等一下。"我说道。我呼了一口气然后面向她："藏书阁里有简·奥斯汀。"

"当然有简·奥斯汀！"她高声地回答道，"安德里安娜姨妈曾是文学老师，你会明白的，那里有奥斯汀的所有作品！"

"不，等一下，你没明白，是确实有简·奥斯汀这个人。"我强调。

她生气地抬眼望着天空，说道："我知道，有她的肖像！姨妈让一位画家画了一幅她的肖像画，但我不知道画家是依照哪个形象画的……她曾对奥斯汀着迷，因为她是第一个为女性书写的女作家，你知道那碗汤……"

我的神经立刻紧张了起来。哪碗汤？文学？于是我迅速放弃了告诉她全部的想法，转问道："这些包里是什么？买的东西？"

"对，买的东西，还有一些花园里的用具。需要有人修剪一下玫瑰并打理灌木丛。奈路斯科只带来了果树。"

"啊，我不知道你要做园艺。"我不情愿地回复。我还在为她把文学比作汤的事而生气。

"我一点也不想。"她承认，但很快她的脸又变了，"不过今天会有人过来给我搭把手。"

嘿。克劳迪娅突然变得温柔起来，声调完全变了。我怀疑这个某人是个男人，而且不是粗鲁的奈路斯科。

"园丁吗？"我假装什么也不知道地问。

"不是普通的园丁。"她答道，还兴奋地看着我，"他是个农学家。"

"不过如此。"我回答道。

"哦，你怎么回事，米娅？你在藏书阁里遇到蛇了吗？"她训斥我，讨厌我没能给她满意的回答。

"不，对不起，是因为我今早关在那里干活太累了。"我一边提袋子，一边为自己辩解。

"真可怜！"她一边说，一边拿起袋子。

"那接下来你去歇着吧，好好散散步，晒晒太阳……"

"不，不，我还得接着干。"我一边说，一边快速走进厨房，她也紧跟着我。

"米娅，你不该这样横冲直撞。毕竟你是来这儿度假的，今天我们有一位客人！"说到他，她的嗓子都哑了。天哪，这个人到底是谁啊？乔治·克鲁尼[1]吗？

"农学家吗？"我微笑着说，"他人怎样？"

我把袋子堆在了桌子上，克劳迪娅也很快放下了袋子，然后用手抓着我的肩膀，说："很有趣！你瞧着吧，他很帅！我们打小就认识，但很长时间没见了。今早我竟然在镇上遇见他了，他正在父母家度假……"她突然向我这样叙述道。

"真好！"我惊呼，克劳迪娅欣喜地抱着我。

"对，你说多走运啊！我第一天早晨去镇上，然后……他当时在邮局，他认出了我。说真的，我一时没认出他，你知道吗，他小的时候很丑，很瘦，还戴着眼镜……"接着她开始讲述以前的乡下男孩是如何变成一个魅力十足、惹人喜爱且乐于助人的男人的。"你想想，如今，你得跪着求男人出来喝咖啡，还得你付钱。而法布里奇奥……"克劳迪娅一边继续说，一边在厨房忙碌着，像只勤劳的蜜蜂。

实在想象不出她这种人能体会到我与简·奥斯汀偶遇的感受，她已经完全沉浸在自己的喜悦中了。

于是，在午餐吃完手工千层面后（很明显不是克劳迪娅做的，而是镇上的一个女人送给她的，因为她是安德里安娜的外

---

① 乔治·克鲁尼（1961— ）：美国演员、导演、制片人、编剧。

甥女）返回藏书阁前，我进房间去换衣服。我认为牛仔裤对于19世纪的英国小姐来说很奇怪。我还知道就算翻遍我的衣服也没用，因为我只带了衬衫、牛仔裤、裙子和短裤……所有这些，在简·奥斯汀看来都是不合时宜的衣服，穿了就跟没穿一样。不过，就在今早我穿衣服的时候，我发现在床脚那儿有一个行李箱，好像是装童话书的盒子，我决定要看一看。

于是，我小心地打开了行李箱，希望能找到几件衬衫和……惊喜！有叠得整齐的散发着薰衣草香味的各式衣服。有泡泡袖和蕾丝领的白色和奶油色羊毛衫，丝质印花或羊毛条纹长裙，带袖的金银细丝领口直筒长裙。要是这些衣服都是安德里安娜姨姥姥的，难免会让人觉得她也喜欢时空旅行呢！难道她的藏书阁是有魔法的？

我不想问自己太多问题，马上试穿了一件带蕾丝的白色衬衫和条纹裙，还系了一条天鹅绒的腰带。真神奇！为什么我们现在不再这样穿呢？

等会儿，鞋子！我肯定不能穿人字拖。我仔细看了看行李箱，在箱子底部找到一双系带的及踝小靴子。天哪，太适合我了。安德里安娜姨姥姥的脚和我的脚一样大？谁知道呢。现在我十分好奇地看着房间角落里镜子中的我。当然，头发也要梳理一下。我将头发中分，在两边分了两绺，我答应要给自己买发卡，还要学会梳发髻。

天哪，我真是太完美了！你们不会相信，我居然变成了19世纪的女孩子，还是深受简·奥斯汀喜爱的女学生。我是浪漫的米娅，你们还会看到我漂亮的一面。

谈论女性

我想说，简·奥斯汀不在沙发上。

我小心地打开了门，几乎踮着脚走进了藏书阁，小声地问："有人吗？"我心想，其实根本就不会有人，我现在顶着狂欢节时的装扮，等那个叫法布里奇奥的农业学博士来的时候心里肯定会问：克劳迪娅带来的这个疯子到底是谁？

说到克劳迪娅，她钻到了她的房间打扮自己。还有三个小时，她心心念念的园丁就要来了。但对她来说，时间太短了！我下楼时，听到了她边洗澡边唱："I am a material girl...（我是个物质女孩……）"她还在唱麦当娜这首一千年前的蠢歌？这也是克劳迪娅和我妈妈共通的地方：她们热衷于这个穿着黑皮衣，虽然年过五十，但唱跳起来似乎总是十八岁的女歌手，真悲催！

我看着墙上那幅真人大小的著名肖像画。我亲爱的简·奥斯汀没有一点妆容，穿着优雅的长裙，鬈发上还顶着迷人的蕾丝帽。她可不是世俗女孩，她是情感细腻的女人……

"你喜欢吗？"

虽然我听得出是她的声音，但还是很惊讶，连忙用一只手捂住嘴，防止出声。

"太……真实了！"我迅速回过神来，回答道。我开始习惯简·奥斯汀的幽灵了。她正在藏书阁的一个角落里看我，好像要从那片黑暗的地方隐藏的小门里走出来。

"你这样认为吗？我不太喜欢。那幅画里的我看起来很忧郁，但现实里的我可不是那样的。"

"从小说看，您好像很幽默。"我对她说，我继续向她出现的角落里看去。现在她离我更近了，像往常一样真实鲜活。

"我想这是我最大的天赋。"

"人们也说我很幽默，其实是我看人的眼光很毒。"

她抓着我的手。"那我们肯定能相互理解！"她从头到脚打量着我，"你的衣服真有意思。很……怎么说呢，有活力。这是现在意大利的时尚吗？"

"倒也不是。"我坦诚地对她说，"这衣服应该属于一个游历了很多地方的女士。"

她困惑地打量着我。"我懂，可能是因为这个女士去过外国？你知道吗，在巴斯①的时候，我认识了一对去过新大陆的情侣，他们家中有印第安人的物品和服装！"

啊，对。没想到，我给人留下的印象是个红毛女人或是墨西哥的印第安人。我对古老的时尚一无所知！说实话，我对现代时尚也不了解，也不知道和简·奥斯汀讨论当今什么是合适的或什么是不合适的，要是珍妮在这儿就好了。

"写这种类型的故事很有意思，你不觉得吗？新国家，新世界……很遗憾，我了解得并不多，没有什么经历。"

"您认为需要写亲身经历过的东西吗？"我又问。

"当然了。没有体验过的事怎么写？不可能。我总是乐于写一些人，以及他们的人生态度和生活习惯……就像我认识他们一样。"

"对，有个老师确实是这么跟我们阐释你的作品的。"我热情洋溢地回答，"是特隆贝蒂老师。"就是教我们《傲慢与偏见》的文学老师。我不知道如何感谢她！否则，我现在怎么能和简·奥斯汀谈话呢？

"我理解得对吗？你说的pro②是利与弊吗？"

"对，没错！"我将错就错，热情地回答，"我想说在您那

_____

① 英国西南部的一个城市。

② 这里的pro其实是prof.教授，简听不懂这个意大利词，所以联想到利弊"pro e contro"。

时候，人们分析利弊而不是空谈哲学，通过人的行为和表现，尤其是女性角色的言谈举止就可以了解概念。"

"对，你说得很深奥。"她闭着嘴对我微笑，还是那样小心地笑，"你不觉得我们已经开始工作了吗？"

"什么意思？"我这样问。我不能问问题了，这是第二次我问简·奥斯汀什么意思了。她沮丧地看着我，对她来说"意思"意味着完全不同的东西：*Sense and Sensibility*，你记得吗，米娅？《理智与情感》！

"我想说，我们正在工作是什么意思？"

"我们正在谈论文学、人物、故事！这是你要找的理性吗，甜美的米娅？来，我们坐在写字台这儿，别再站着了！"

有时我觉得简·奥斯汀不是普通人，而是她书中的人物。可能就是她所说的：职业畸形①。同时，按照她的指示，我在写字台旁刚好能容下两个人的小沙发上坐了下来。一想起我房间里那张比这大三倍的桌子，我的心就难受。我很难相信简·奥斯汀在这块木头板子上完成了她的杰作！而这就是她的位置，和人们今天所说的一样。很明显，没有笔记本电脑或平板，只有白纸和一个……我不敢相信，这简直是可以放进博物馆的古董！我害怕地盯着砚台和装有墨水的瓶子，难道我要用这些东西来写字？我连

———————

① 倾向于从自己的专业角度而不是从更人性化的角度来看待事物。

怎么用都不知道！

"我要……写吗？"我问道，害怕再次出丑。

"不是现在，亲爱的。首先，我们要明确自己的想法，你不觉得吗？"

"嗯，我也觉得。"我急着重复。

"我们刚说过要写知道的东西，经历过的事物。至少对我们女孩来说，这要简单些，因为我们不像男人那样，可以自己在世界上冒险，或者从事职业……"

"对，写作是一种职业。"我这样答道，尽管我意识到在她的时代，写作并不是一种职业。

"你说得对，是一种职业，但肯定不是女孩子的职业。我们创作是为了开心，你懂吗？"

我点头表示同意。我不能列举出那些最有名的小说、电影、戏剧、电视节目的女作家！我也不能谈论诺贝尔奖，因为那时还没设立！

"所以我们就从自身简单直接的经验出发。"

"同意。"

"正是经验、观察以及观察表现的情感激发了我们，是吧？"

如果是简·奥斯汀说的，那就是对的！"我认为确实是这样。"我坚定地回答道。

"那我们就从你所知道的、你所经历的、你的世界经验出发。这个世界多小，多简单，多单纯并不重要。感谢上帝，我们不是哲学家或政治家。我们是女性，我们谈论爱情。"

"一本爱情小说！"我喊道，已经有点灵感了。

"你想开始吗？"她鼓励着问我。

我看向砚台。"不！"我答道，我怯怯地说，"嗯，我不知道我是否准备好了……"

"但我猜你脑海中已经有想法了，我想你的小说背景一定是意大利。"

"最好不要，可能会很难！"我在想，怎么才能让她读懂发生在现代的故事！

"我明白了。"她含糊地后悔说。对于生活在19世纪早期英国宁静乡村的人来说，意大利看起来是很混乱的。

"我想从您的国家、您的习惯中找到灵感。"

"你说什么？但你不怎么了解啊，这将是一部虚构的作品。"

"不完全是。我知道一些东西，我有一位来自伦敦的朋友……"我想到了肖恩，他就完全具有19世纪的风格，我觉得我的脸又红了！我脸一红也吸引了简·奥斯汀的注意，她明亮的眼眸向我看来。

"真的吗？英国绅士？你和他交往？"

我点了点头。我确实在和他交往。要是简·奥斯汀知道那种感觉就好了！我觉得她从未体验过我和肖恩所达到的境界，她笔下的人物从来没有亲吻过！

"这真是一个新奇事！你觉得他可爱吗？"简·奥斯汀问，这时我觉得她就像我的小学同学那样说话："我喜欢那个，我觉得另一个很可爱。"

"不仅仅是可爱，而且让我着迷。"我急忙解释，没说伤害她的话。

简·奥斯汀闭上眼睛，露出微笑。她又睁开眼喊了我的名字："甜美的米娅！"我发现她的眼睛湿润了。我和肖恩的事感动了简·奥斯汀！肖恩从没读过她的书，他要是知道这件事，我确信他会开始读她写的书。虽然认识科幻作家威尔斯他会更高兴，他们二人肯定不是待在那儿哭泣和脸红，而是已经谈论起星际世界和宇宙大战了。

"你想说说他吗？"她小声对我说，声音还颤颤巍巍的。

"我可以像介绍人物一样介绍他，就像您介绍达西先生一样。"

她哽咽了，眼睛湿润了。天哪，仅仅是提到了肖恩，她的心绪就乱了！谁知道她看到他会怎样？啊，我觉得对她肯定是个震撼！要是肖恩出现在这个故事中，也同样如此。不知道我的哪个难以置信、疯狂的经历会让她感到震撼。

我开始写小说

第一章

　　大家都知道，即使一个女孩子兴趣广泛，学习复杂难懂的学科或者热爱运动，爱好旅行冒险，可她还是离不开爱情这个话题。当然，她不会这么直接地说出来。就算是朋友间聊天时，她也不会唉声叹气地说："我好想谈恋爱！"

　　不过，可能她们会这样表达："我想找一个合适的男孩。"或者说："我多想他也爱着我。"再或者更一般的说法："要是有人爱我就好了！"

　　我想说，爱情通常是我们女孩子之间的主要话题。而男孩子们一般讨论传球和进球，或者机械配件，还会打赌。显然，他们不是不谈论女孩子，但他们不像我们一样，能用一整个下午，我说的是整整五个小时谈论着我们不认识但想认识的某个男孩，可能我们只是匆匆见过一面，他瞥了我一眼，我们就会觉得很奇妙。这种男孩正是我们梦寐以求的，我们会打听关于他的消息，甚至会求人帮忙和他见上一面。

我的目光离开了被我用墨水弄脏多处的纸，我的手指也完全黑了，而墨水瓶才是真正的罪魁祸首。在这样的条件下创作，简直是一项浩大的工程。那之前的人们是怎么做到的呢？他们可是用这种方法写了几百页的伟大小说啊！要是曾经的女作家们有电脑，她们可能会写出满满一书架的故事。

"对不起，简·奥斯汀……"我低声地说。

"亲爱的，叫我简就行了。"

"我开始写作了，不过我确实不知道如何继续写下去。"

简·奥斯汀正坐在沙发上刺绣，她不慌不忙地把活儿放在了扶手上，走上前来想看我写出来的那点东西。我害怕她笑话，于是就用手臂遮住稿纸，就像小时候不愿意让人看到自己的画一样。

"我写得太差了！"我抗议道。

"来，别担心……"话说半截，她突然见鬼似的"啊"了一声，她应该是被我那缭乱无章、无法辨认的笔迹吓到了。其实我的"字迹"叫作"刮痕"可能更合适些，因为我写的字就跟小刀在纸上胡乱划过留下的痕迹一样。

"我还没习惯用这个……嗯，羽毛笔写东西。"

"我懂。"她说道，但她看起来很迷惑，"没关系，你读给我听听……"

我读起来也有一定的困难，因为我也认不出来自己写的东西了。我觉得自己变成了彭果——就是我的同学安德雷，他会多次修改自己写的文章，改到他向别人读自己写的东西时自己都理解不了。彭果通常读几句后就开始笑，真不知道他的笑是由大家的笑声引起的，还是他的笑引起了全班的哄堂大笑。特隆贝蒂老师平常都是十分能忍的，此时竟也会忍不住笑出声来。这不，我现在和彭果一样，大笑了起来，我觉得这是发自内心的宣泄。

简·奥斯汀和特隆贝蒂老师一样严肃，甚至还有点愤怒。

"可能我漏掉了你的一些话。"然后她对我说，"但问题不在这里。"

她说话时，我洗耳恭听。我这样说，纯粹就是为了能使用一下这个老掉牙的表达方式。她一只手托着下巴，若有所思的样子。

"你脑海中有故事了吗？"

"差不多。"我答道，更感觉自己就像撒谎的彭果一样。

"人物呢？"

哎呀。我讲的通常是我自己，我和朋友、家人、肖恩，以及学校的事。

"对不起，简·奥斯汀……我要想出确切的人物吗？我不能以第一人称叙述一个像我这样思考某些问题的女孩子吗？"

她越来越沮丧地看着我："你是指就像写日记一样？"

"对，就像写日记一样！这确实是好主意，您不觉得吗？不需要写'亲爱的日记'，我觉得这种表达有点老派……"然后我又急着纠正自己，因为说到老派，我前面确实有不少这种表述呢，"……只不过，用得有点多……"

她补充我的话说："每个女孩确实都会有自己的秘密日记。"

"对。"我热情地说，"那以日记的形式写作不好吗？这样女读者们也会找到共鸣。"

"但我觉得写日记有一个小问题，你只能说自己的想法、自己的思虑，而别人想的东西你却无法讲述。"

"也是。"我承认。想想到目前为止我写的东西，我发现都是从我的角度出发的，所有的人以及他们的态度和思想都是从我对他们的观察和了解的角度出发的。我开始大声表达我的想法："而当我以局外人的身份讲述时，就可以改变角度了，就像从其他人物的角度描述主人公一样。"

简·奥斯汀终于笑了："你是十分聪敏的女孩，还出人意料的博学。我还不会使用这些非常有用的词语：角度，多好的概念啊！从外部叙述，对，这就是我的方法。"

"就是外部叙述者。"我卖弄学问地建议，但很快我对自己卖弄现代知识感到羞愧，毕竟她是两个世纪前创造了这种叙述方式却不自美的作家。

"真好，是啊，外部叙述者，就像围在炉火前讲童话故事的小说家一样。"

我还真没想到这一层。可能是因为我是简单的书虫，而她是天才。

"从你写的开头可以看出，你脑海中已有故事，而且主人公是一个女孩子。"

"对，不过除了她和他，或许还有她最好的女性朋友之外，实际上我还不知道……"

"好吧，首先我想说背景环境非常重要。他们都住在哪儿啊？农村还是城市？你知道，我喜欢讲乡村故事，因为我一直生活在那种小地方，我能把自己限制在一个没那么多人参与、也更熟悉的环境中。"

又是一个"啊"。而我是城里人，我了解的主要是我所在的区和市中心，还有一些街道。有一次，我和珍妮去城市另一边郊区的商场，我感觉像是在另一个世界。归根结底，因为我见的总是同一些人，就像简·奥斯汀小说里的人物，去邻居或朋友家聚会时，只要发现有新的面孔就会很激动。但在有数百名学生的学校里是很容易接触到新人的，在假期也经常会遇到陌生人。另外，我有一个叫珍妮的闺密，我从幼儿园时期就认识了她，她对我而言就像姐妹。我与其他女孩子是在小学或中学认识的，我们彼此非常了解，见面时总会相互分享新鲜事。时代不同了，我们更加自由。比如，我们不再期待得到男孩子的安慰，我们还会有其他需求！我们变得更加独立，但有时也不这样，总之，视情况而定。

于是，我可以根据简·奥斯汀的提议想象出一个小说：采用外部叙述者的灵活角度，这样我就能自由地描写每个人物的不同性格了。故事发生在一个可控的小地方，很容易切换场景，不总需要通过某人的叙述来转移，并找到转移的动机。总之，最后我甚至觉得这样的写作太简单了，因为不完全依靠我自己的所见。

"但我需要从头到尾了解整个故事吗？"我很担心地问道。

"大概吧。"她安慰我说，"你想让你的人物相识、相爱，最后结婚吗？"

结婚？"好吧，但这期间会发生什么呢？"

"不是发生什么，而是如何发生。"

这才是问题所在。

第一章　生命中最美好的一天

生命中最美好的一天是哪天呢？

大家都知道是婚礼那天。尤其是计划了很长时间的婚礼，而且预计至少邀请三百人到苏格兰城堡这种梦幻的地方。不只是让爱情故事更完美，而是要让其他的女孩子审视自己并完善自己。西娅是这样猜测的，她一想到要参加如此重要的盛事就很激动。

她的姐姐芙劳拉显得更谨慎。"我认为，你会失望的。你对婚礼期望太高了。"

"为什么？难道你不期待吗？我认为这对你我都是十分好的机会……"

"如果你这样认为，就肯定会有机会。"她的姐姐讽刺地强调，"你一开始就已经规划好了。"

"可你却好像一开始就带着偏见。就算世界上存在最有魅力的男人，你也发现不了。"

"世界上最有魅力的男人？对你来说可能有，对我来说可没有！"

西娅举起一只手，边摇头边做出服软的姿态，没办法和她姐姐继续争论下去。她们的对话更像是一场小冲突而不是正常的交谈，尤其是谈论到感情问题时。芙劳拉似乎乐于贬低浪漫的遐想，而这正是西娅的朋友们乐于分享的东西。梦想爱情有什么不好？喜欢一个漂亮的男孩有什么错？想象此心换彼心的回报不成吗？不是芙劳拉固执死板，而是她讽刺的意味、反对的精神、尖锐批判的眼光让她没法浮想联翩、落入女性心中幻想的浅显之见。仅凭印象、眼神和心跳，一面之缘就没完没了地对话，有时只是梦到他人喊出名字的梦境，没有脸庞、没有身体，这个名字就迅速变成了承载诺言的一个名字。

"你说得对，我们不要吵了！"芙劳拉表示赞同。有时她确实因不能控制自己说话感到难过。

比她小三岁的妹妹对还有一个月就要举行的盛会感到欣喜很正常，这确实是一件大事。

新娘是她们的表姐，非常漂亮，举止优雅端庄，是真正的公主。虽然她没有贵族的称号，但她的财力不比真正的公主少。实际上，她父亲是在美洲做生意的商人，不仅是家乡杰出的人物之一，而且在全国也很有名。

而新郎呢，则是一位典型的贵族帅哥，他在苏格兰有城堡，喜欢骑马和狩猎。以芙劳拉的批判精神来看，他是只会谈论这两个话题的无聊男人，一点也不懂艺术和音乐。一到音乐会上，他很快就会犯困，抑制不住地打瞌睡。

不过，毫无疑问，表姐和将来的表姐夫确实是一对可爱、年轻、漂亮、富有、优雅的夫妇，也恰恰是如今人们口中的时尚夫妇。当今一人独秀还不够，重要的是夫妻成双，才能形成天空中耀眼的明星群。

　　于是，芙劳拉决定与西娅共享这份喜悦。因为她的妹妹说得在理，如此规模的盛会确实就像被邀请去宫廷一样庄重。参会者有数百人，有很多陌生人，因此，是认识新人、结交朋友的机会，也许会有命中注定的相遇。

　　芙劳拉也想遇见不像邻居家的儿子们那么无聊的人，她想遇见可以聊阅读、谈诗歌的人，因为这是她的爱好。可她的大部分朋友都属于这类人：相夫教子的坚强女人；恰如其分地学习，为了不被看成无知或愚蠢的女孩；想着如何不费劲地挣钱、只对谈论运动有热情的男孩；总是有点面带愁容，不是因为思考或担心什么重大问题，而是因为一些个人的担忧，如风湿痛，要避税，管教孩子，买卖土地，维持事业和声望的上了一点年纪的男人。

　　不说旧面孔和这些老套的闲话了，即将到来的盛会给苍白无味的对话注入新鲜氧气。据说到场的会有优雅从容的上层社会家庭和富绅。正如收到邀请时妈妈立刻就说到的，决不能出丑丢脸，为了定制衣服，她还找来了一本法国服装款式的杂志。"有点……不得体。"她妈妈评判道。

　　"你想说丢脸。"不怕用词严厉的芙劳拉纠正她。她看了一眼那款服装就笑了起来，"在法国，与其说衣服是用来遮体的，不如说是用来暴露的。"

　　"这也就是给个概念，款式……"妈妈力求大事化小地说，

"我相信没有哪个女人敢穿这些睡裙出门。"

"我的睡裙真还遮盖得更多呢。"西娅说。

那时妈妈皱着眉头，反复告诉她的女儿们不该穿如此不得体的衣服。

"法国没那么冷，但这不是重点。我们需要从中得到一些灵感，例如颜色，那些衣服颜色怎样？还有紧身马甲下那些凸显体型的线条。"

"好像希腊的佩普罗斯服①。"芙劳拉评论道。

"你说什么？希腊的什么？"妈妈像说绕口令似的说。

"佩普罗斯是古代希腊女人穿的长裙。你见过雕塑吗？"芙劳拉假装有学问地强调。

"但和雕塑有什么关系呢？"

"什么雕塑？"

两个女人像合唱一样同时开口，刚好进来的女管家米利亚姆也表达起了个人意见。

"古代的雕塑是从古希腊的服饰那儿得到启发的……"

"啊，这就是原因。希腊很热。"西娅观察道，她只知道希腊有圆柱、庙宇和热浪。

"但我们这儿确实不热，我们不用露肩，穿着带蕾丝的优雅

---

① 一种独特的来自古希腊的女性白色连衣裙。

衬衫，披着柔软的羊毛披巾……"

"我觉得这是最起码的，夫人。"米利亚姆插话说，"女孩子肯定不能像模特那样露着腿，对吧？"

"怎么可能啊，开玩笑？我们只想找点灵感。盛会将是展示最新时尚的场合，我确信会有很多好的品位。"

总之，向往多日的那一天终于到来了，的确是一个盛大的惊喜，大家都聚在诺森伯兰郡①城堡的大厅里，新娘和伴娘的入场让大家激动万分。

走出藏书阁

"米娅！米娅！"

天啊，我本以为是猫叫声，实际上是克劳迪娅在外面叫我呢。我从半睡半醒的状态中惊醒，放下羽毛笔，一下子站了起来，冲向窗户喊道："我在这儿！怎么了？"

"出来，快，吃茶点啦！"

"吃……茶点？"我还有点震惊。我打开窗户，让阳光和热气进来，感受着外面的热风和虫鸣。我觉得在藏书阁里人都要冻僵了。我没有看向书桌或沙发，避免碰上简·奥斯汀的目光，径

---

① 英格兰最北部的郡，首府是纽卡斯尔。东临北海，北接苏格兰。

直冲了出去。

阳光几乎照瞎我的眼，我差点在大门的台阶那儿跌倒，因为我穿着长长的花裙。

"这就是我们的……"克劳迪娅顿住了，她看见我走来，满脸错愕地说，"怎么会……"

"你好！"我面带微笑，挥着一只手打招呼，另一只手提着裙摆免得再绊脚。

克劳迪娅皱了皱眉，问道"你的手怎么了？"

我抬起一只手看了看，真恐怖！全是黑墨，好像我去染床单了一样！我又抬起来另一只手看了看，天哪！虽然这只手上只是分散的污点，但也脏兮兮的，像豹子身上的斑点一样。我会不会弄脏裙子啊？

这时，克劳迪娅和她的客人朝我走来，她严肃地扫视着我，而他则显得很好奇。

"对……我第一次用羽毛笔……它可能是坏了……"我结结巴巴地说，匆忙地找一些体面的借口。

"你没弄脏姨妈的书吧？"她几乎抑制不住愤怒地责备我。她说"姨妈"时很严肃，"姨妈"两个字像是箭一样刺向我的耳朵，哎呀！

"没有！"我急着安抚她，"没有，我向你发誓，我在白纸上写的，没在书上写……"

"你不是要把书进行分类吗？"她继续逼问。

幸运的是，那个帅哥为缓解紧张的气氛及时站出来说："你好，米娅！我是法布里奇奥，克劳迪娅的老朋友。"他很谨慎，没有伸出手来握，因为我看起来就像刚从下水道里出来的一样。"克劳迪娅常跟我提起你。"

什么？经常？今早可是他们多年以来头次见面，难道会不说别的，只谈论我吗？

我一定是显露出了困惑的样子，因为他急着向我解释道："她跟我说你是来帮她忙的。"

为了显得幽默点，我又抬起了黑手，说道："对，看到这是什么了吗？"

克劳迪娅差点要跳起来掐我脖子，但她的帅哥阻止了她。说起来，我面前这位就是当地有名的"乔治·克鲁尼"！他头戴棒球帽，露出了几绺灰头发和鹰钩鼻……不过因为眼镜压着鼻梁，所以看起来更像是猫头鹰而不是老鹰的嘴形。他没有农村人般强壮的体格，相反，人比较瘦，而且个子不高。他和没穿高跟鞋的克劳迪娅身高差不多，我觉得站在台阶上的自己居高临下一般俯视着他。他不是乔治，而是个可爱的普通人，而此刻的我却是个打扮得像疯子一样的稻草人。

他笑了，也许是为了让我开心，然后温柔地看了一下克劳迪娅，而她则是恶狠狠地盯着我，他又评论道："你看到年轻人是什么样的了吧？"

"不知道，是什么样的？"她愤怒地问道。

"很幽默。"他说道。

"我最好现在去洗洗……"我打算退场，我的东道主也强调说："对，最好这样。"

我快步回到屋子里上了楼。为去除手上的墨，我把手放进热水中，差点烫伤双手，但手指上还是有点黑。我脱下了裙子和衬衫，穿上短裤、戴上太阳镜，散开头发，又下楼去了。他们二人坐在院子里尚待擦净的躺椅上（但他不是来帮忙的吗？），还喝着新鲜饮品，不停地笑着。我一出现，克劳迪娅又皱起了眉头，而她的朋友看了我一会儿。

我要给他留下点好印象，而他很快就满足了我的想法："这是谁啊？主显节①的女巫变成顶级模特了吗？"

"顶级模特！太夸张了，她还只是个小女孩！"克劳迪娅开玩笑地接话说，但我好像从她脸上看到了打发我回家的冲动了。

"小克劳迪娅，我在开玩笑。我的女学生们打扮得比她还夸张。"

小克劳迪娅？已经使用昵称了吗？他俩的进展确实很快！早上才在邮局见到，现在就差订婚了。

---

① 每年的1月6日为主显节，是天主教及基督教的重要节日，以纪念耶稣在降生为人后首次显露给外邦人（指东方三贤士）。

"更夸张？她们穿比基尼来上课吗？"她假装生气，眨巴着眼睛。

"您是教授吗？"我插嘴问道，发出的声音不像是我的，倒像是小孩的鼻音。

"我在农业学院教书。"他回答，"来这里度几天假，然后就要开始准备毕业考试的工作了……"他躺在躺椅上，好像说了什么令他头晕的话。

"真可怜！"克劳迪娅说，"不过你还是能休息几天的……"

"对，确实。"他站直了身子，"我打算明早去海边。你觉得怎么样？你们来吗？"

但他不是要帮克劳迪娅干园艺的活吗？克劳迪娅意味深长地看了我一眼。

"我不想，我有点事……"我含含糊糊地说，试图让她高兴。

她迅速逮到了机会，开始滔滔不绝地说："哎，你知道，米娅很忠于职守，她跟她妈妈许诺来整理姨妈家里的东西……我们想分类编成目录，你知道……"

"啊！分类！"他大力点头表示同意地答道，"你姨妈有点个性，她应该有好几千本有价值的书……"他呈现出专业的姿态说。

"确实。我非常在意，我还没能整理是因为我有其他大量的事要处理，房子太大，需要处理家具，还有姨妈所有的东西……"

"嗯，我明白，"他继续像个木偶似的点头同意，"我想你确实不能来了，而且我很抱歉对你说……"

"我去！"克劳迪娅一边身体向前倾，一边大叫，然后她控制住自己的情绪，降低声音说："我想我至少需要一个空闲的上午……你知道，我连喘口气的时间都没有，我离开了工作岗位就来到了这儿，还信用卡、交水电费等，我要留点喘气的时间，你不觉得吗？"

"当然了，可怜的人！"

总之，可怜的她和他明早要去海边了，他们为了尽可能享受早晨的海滩，要很早出发。而忠于职守的米娅——我会留下来照看姨姥姥的家，不知道要进行什么分类。我现在才听说这个事，特别是我要在比克劳迪娅更可怕的目光下进行小说创作，我害怕极了。你们知道我说的是谁。

晚上剩下的时间我是和克劳迪娅一起度过的，我不知道是幸运（如此，我便可以远离那个幽灵）还是不幸，因为很容易想象我这位女主人是多么神采飞扬。她只谈论法布里奇奥，她觉得他有点害羞、笨拙、丑陋，他总是一个人，不，他会帮助并陪伴他那农民爷爷。

"看见了吧？一个人从小对什么事感兴趣，他长大后就可能会从事那种职业。很明显，法布里奇奥学的是农业，因而也成为了农业学教授……"

"你喜欢小孩吗？"我挑衅她。

"瞧你说的！"她摆了摆手，好像要赶走她面前半空中出现的几片云雾。"我见不得孩子！坦率地讲，我想当心理学家，不过我发现满街都是心理学家，工作岗位可没有多少，所以我就到学校求职了，结果就这样啦。"她叹气说。然后她又说，"你看我多开心啊，呵呵！孩子们有时是可爱的，你看他们送给我的画多好看。"

接着，她讲了她的一些放肆无度的小学生，那真是他们父母教育不善的过错……总之，她又要开始触及学校这个可怕的庞大话题，对于老师而言，这不仅是无尽的苦恼和忧虑的原因，而且是奇闻逸事、笑料谈资和有点恐怖的故事的源泉。到此，我打断她，把她拉回到她的帅哥话题上来，她又很快接上了这个话题。

"当初谁知道他能变得如此风趣幽默呢？还很帅，对吧？"

我脸上的表情也表现出了我的折中立场。

事实上，克劳迪娅把我的话当成恭维话，她很满足地低下了眼睛。"他还有点可爱、友好，还是自由身呢！你没说过吗？"

"嗯。"我不假思索地回答，"不，肯定没有！"

"其实……"她点点头，却怀疑地打量着我。她当然不是傻瓜，具有老师特有的辨别对方是否在吹牛的能力。"我知道法布里奇奥完全不是你喜欢的类型。"她更严肃地补充道，她作为一个成年人，知道自己在和一个女孩，还是一个未成年人说话。"他是四十岁的人，一名老师。你知道，他可不是演员或摇滚明星！"

"这样更好，不是吗？"我评论着，努力跨越突然竖立在我们之间的障碍。首先，我回避谈及他早就超过四十岁的问题。

"对我来说，确实是更好。我需要的是正常、简单以及有道德原则的人！"她更像是对自己说着。

虽然我不知道细节，因为我确实没参与过妈妈朋友的事，不过我知道，就像我妈妈说的那样，克劳迪娅总是"十分失望"。在我父母组织的几次晚餐上，我见识过两个令她"十分失望"的人：一个是眼睛像球一样大的精神病专家，他吃饭时总不言语。因为每当有人问他的职业时，他一说"我是精神病专家"，饭桌上就会出奇地安静，好像他是一个会因为几句无心的话或几个夸张的动作就把所有客人都评价成疯子的学者。总之，不知怎么回事，精神病专家没有好结局，很快就从晚餐和克劳迪娅的生活中消失了。

另一个是艺术家兼家具行家。我不太知道。我只知道我爸爸不喜欢他，把他当骗子，因此，他不是什么艺术家而更像是走私贩子。他在市中心开了一家古董店，有几次我和妈妈一起去，但从来没在商店里见过他，好像忙着跑去给俄国甚至全世界做咨询。

"阿尔德里格去圣彼得堡出专家意见去了。"克拉迪娅曾这么说，说"专家意见"的时候还发出嘶嘶的声音，就像是气泡酒的气泡声，她为男友的能力及其在古玩界中备受追捧而感到骄傲。

不过，后来不知道为什么阿尔德里格就不再来我家埋在沙发上看杂志报纸了。他戴两副眼镜，一副架在他那半秃的头顶上，另一副架在鼻子尖上。而且他每次话都只说一半，貌似深思熟虑，很有内涵，但从来没有下过结论。

"嗯，因为艺术……我想说艺术感，懂吗？就是这么运作的，对吧？我们所探究的东西……"

我也想试着这么对文学或艺术老师说，不过她肯定会对我说："米娅，你还不如说没有学好呢，等明天学好了再回来找我。"

无论如何，这些都是过往烟云了。克劳迪娅说得对，她想要有道德准则的人，谁会比扎根于土地的农业学家更好呢？

"当然。"我点头同意，"他看起来是个靠谱的人。"

说到这儿，克劳迪娅又精神焕发起来。她正在洗碗池那儿清洗从园子（显然是奈路斯科的园子）里摘来的生菜，转过身来大声问道："真的吗？你也这样觉得吗？你知道吗，小米娅，我很开心！我很开心你在这儿陪我聊天，你是成熟的女孩！"

"谢谢。不过我能请你帮个忙吗？"我没想让她回答，就对她说，"不要叫我小米娅，你从没这样叫过我。"

"我觉得很可爱，有一个设计师也叫这个名……不过，我答应你，如果你介意的话……"

"我当然介意……小克劳迪娅。"我有点刻薄地强调。

那一刻她竟然脸红了！她大笑起来，兴高采烈地对我说："男人要是温柔些，你还会接受他叫你喵的。"

"喵？"我俩都大笑了起来，笑到下巴都有点脱臼了，她特别开心，而我为什么……我不知道，不过总是有人大笑就跟着傻笑。

说到小名，我不觉得肖恩会像叫猫一样叫我，一想到这儿我就感到头皮发麻。可怜的克劳迪娅怎么能知道聪明的男朋友是怎样的呢？我怀疑她从没有过一个聪明的男朋友，现在姑且把亲爱的法布里奇奥看作是个聪明人吧。

"明天我一大早就出门了。"晚餐结束时她高兴地和我说完后就走了。克劳迪娅没改变她那小水泡似的声调，她应该是醉了。她摇摇晃晃地从桌子前起身，一边向我讲述着计划一边眨了眨眼："你下来时小心点，明早好好吃早饭，还可以去散散步，总之，这栋房子都是你的！"

我不知道是否该高兴。

我没再进藏书阁。克劳迪娅去关窗户时，我告诉她去看看壁炉里的火是否灭了，她奇怪地看着我问："哪个壁炉？"

小说在继续

"早上好！"

这个声音我认出来了，是她。我还在睡觉，所以，应该是个梦。但好像有人突然拉开了窗帘，强烈的阳光照进屋内。我像弹簧似的一下子坐了起来，笔直地站在我面前、像个纺锤的人是简·奥斯汀。

天哪！现在都得劳烦她亲自来喊我起床了！

"快醒醒，快，我们有很多事要做。"她温柔地对我说，"我给你带早餐来了，在小桌子上呢。我在楼下等你，好吗？"

不然呢？我没敢反驳，只是低声说了一句"谢谢"。等她离开屋子后（我没感觉她开了门，但现在我的暗示可能太过明显了），就冲进浴室去好好洗了把脸。

我对着镜子中的自己说："我们要和一个幽灵单独待在家里，只要写不出这部神圣的小说，她就会一直折磨我们。你就没有什么不同的想法吗？你确定要写一部小说吗？"我做了个鬼脸，觉得自己在说疯话。

我回到房间里，坐在桌旁吃早餐，这确实不是克劳迪娅准备的只有热牛奶和玉米片的早餐。简·奥斯汀做了鸡蛋、培根、面包、果酱和茶……总之，是典型的英式早餐！我吃光了，因为昨天的晚餐太清淡了。可能克劳迪娅觉得我和她一样在减肥，所以只准备了沙拉和奶酪。我得让她明白，我正在长身体阶段，尤其是我的胃在变大。

现在我得解决穿什么的问题。我又穿上长裙和衬衫，但我没梳头发。我还在想是否该用手套保护双手，于是在去藏书阁之前，到厨房找双一次性手套。然后，我打扮成过狂欢节的样子，打开了命运之门，再度坐在烧得正旺的壁炉前。当然，我们这儿什么也不缺，连幽灵式的壁炉都有！

简·奥斯汀没在沙发上，也没在写字台前。我看见（或者我觉得）她在窗户旁的角落里，她正专注地向外看。她转过来对我说："美好的一天，对吧？"

"我觉得是的。"我说。我发现自己连向外看一眼的时间都没有，但我希望对克劳迪娅和她的帅哥来说是阳光明媚的美妙的一天。

"这就是我叫你起早的原因。"她笑了，"这样你就能享受外面的空气。散步对写作的人来说是必不可少的，你不觉得吗？"

"我不知道。"这是我第一次写小说，我不知道如何继续写下去，也不知道是否有必要进行长期的准备。

"小说是长期计划，要是没有适当的心理准备、耐心和热情，就有半途而废的危险。"她自信地向我介绍，"思想要丰富，身体要放松。因此，没有比好好散步、放松身心、呼吸新鲜空气、理清思绪更好的方法了。"

"您的意思是运动有助于写作吗？"我问道，对19世纪初期的小姐能如此重视运动感到颇为惊讶。

"我说的不是体育运动，而是在农村散步，这是何等健康的生活习惯啊。我觉得散步和写作十分相近，人们沿着一定的路径走，走数小时后需要回家，你懂我的意思吗？"

"您是说得回到出发点？"我有点发呆地问。我还不是太习惯把简·奥斯汀当作我的老师。

"相反！意味着我们要冒险，发挥我们的能量，然后要完成闭环，最终得出好的结局。"

"著名的婚姻。"我小声说，感到可能会有对我不利的批评。我的小说以婚姻开始，而不是以婚姻作为结局。

"我觉得你推翻常规的设想很有意义。"她笑着鼓励我说，"小说开头的盛大婚礼宴会能让我们假设一些不同寻常的事。"

"十分不同寻常。"我重复道。对于两个世纪前的女人来说确实如此。她好奇地问我："你真的参加过这种盛大活动吗？"

我辩解道："嗯，对……不过，不是上流社会的……但也是一场豪华婚礼。"

"在一座真正的城堡吗？"

"当然。"我真诚地对她说，"是我表姐的婚礼。"但我没提城堡、马车、餐饮服务等都是租来的这一事实。

"哇！这是多么好的机会啊。你是在那儿认识了你和我说过的那位年轻绅士吗？"她焦急地问。

你知道简·奥斯汀的好奇心有多重吗？我摇了摇头。"不，我认识他是在……"我怎么告诉她呢？我是在学校的一次比赛中认识他的，"在一场比赛，在一次表演时……"

"在骑马比赛中？阿斯科特①那种吗？"

"类似吧。"我含糊地说。

"啊！这种情况经常发生。"她说，然后又回到了主题，"那你为什么选择以婚礼开始呢？"

虽然我怀疑耸肩这种姿势在她那个时代有点冒犯，但我还是耸了耸肩："因为这是女孩们认识新人的机会，与舞会和宴会比起来，这种场合下她们行动更自由，亲戚们也不再总是盯着她们。"

"对，太对了。"她附和着。

"就像……当一个女孩结婚时，其他女孩也会受到婚姻的庇护。"

简·奥斯汀吃惊地盯了我一会儿："对，没错，这我确实没想到。"她承认，"你说得非常对。你知道你非常聪明吗？"

真的吗？

---

① 英国皇家阿斯科特赛马会是英国顶级的赛马盛会之一，更是英国上流社交圈的大事。

第二章　婚礼宴会

没人想到新娘敢穿法式服装……绝对的法式！

透明的白色佩普利长裙把漂亮表姐卡特琳的曼妙身材几乎完美地呈现出来。她盘在头顶的发髻有花和麦穗的装饰，更衬托出了她的脸庞和天鹅颈。但没有人去看她那戴有金耳坠的漂亮脸蛋……所有人都盯着她袒露着的像鸽子翅膀一样白净的肩膀和手臂。设计大胆、几乎透明的长裙裹着她曲线优美的身体，腰上束着一条宽带，长裙长到她裸露的脚踝，脚上穿着系有金丝带的凉鞋，绝对令人惊叹！

男人们都屏住了呼吸，瞪大了眼睛，张开了嘴。

因为伴娘们也不逊色：肩膀和胳膊袒露着，脚穿高跟鞋，身着飘柔洁白的佩普利长裙，步态端庄地走着，露出了纤细的长腿。就像是一群仙女簇拥着最美丽的女神维纳斯——卡特琳表姐。

"这可真是超乎寻常！"妈妈低声评论道。低声细语的大都是妇女，男人们更专注于欣赏这难得一见的盛景，谁知道什么时候才会再遇到这种场合。

"当然，亲爱的。"莱斯特夫人（新娘的妈妈）小声对她说，"我们不是一般人，我们不屑于平凡、平常。卡特琳光芒四射，不像女神吗？"

"当然，她漂亮极了。"妈妈承认，但之后又补充说，"她在婚礼上这样穿说明她很勇敢……你知道，人们喜欢议论……"

"被人们议论是好事，证明他们会长时间记住这件大事！"舅妈趾高气扬地强调道。说到勇气，她的表现也不比她的女儿逊色：头顶上梳着塔楼式发型，样子好似画着大大的眼睛、脸颊又红又鼓的风神艾奥罗的希腊双耳陶罐。她穿的也是佩普利，但面料更厚重，遮住了她圆滚滚的身材，一件披肩盖住了她的肩膀和上半身。总之，让人想起了用桌布包裹着的，上面放着一个双耳陶罐的餐具柜。

可新娘的父亲却穿着男士礼服，同样不追求法国时尚的还有新郎的父母：新郎父亲穿着及膝的苏格兰格子呢裙，长袜和高筒靴，而新郎母亲则穿着苏格兰长裙加彩色的短披风。

说到新郎，他的进场也令人震惊，陪同他的是忠诚的朋友和证婚人。他穿着苏格兰男士短褶裙，露出大腿，脚穿皮鞋，柔软的苏格兰格子呢马甲遮住胸部，露出胳膊和肩膀，长头发披散在肩上。他看起来像古老的原始森林里的猎人，去抓住爱慕地看着他的蒙着白纱的女神。

大家惊叹不已，先是大声尖叫，接着是女人们乱哄哄的低语声。这对新人对此十分满意，他们先相视而笑，眼神间传递着爱意，然后全场都跟着哄笑起来。到了放音乐跳舞的时候，年轻人涌入了大厅。为向新郎表示庆祝，乐队纵情演奏起了苏格兰舞曲，人们把手臂抬得高高的，跟随着狂野的节奏踮起脚尖。一曲充满活力的部落舞蹈，伴随着有节奏感的鼓声和长笛声，在忠于古老异教仪式的爱慕者人群中，戴着面纱的表姐卡特琳又像狩猎女神戴安娜一样风采出众。

在这群裸露着胳膊和腿，穿着苏格兰男士短褶裙和佩普利长裙的人群中，芙劳拉和西娅的穿着看起来尤其不合时宜。她们穿的是由裁缝精心缝制的服装，笔挺又保守，从头到脚都被遮盖住了，肩膀和胳膊也都完全被学生气十足的花边衬衫遮挡住了，就像两位隐修院的修女。

可能因为她们打扮得与其他人不和谐，一个穿着苏格兰短褶裙的男孩走近芙劳拉，问她是不是外国人。

"您来自新世界？"

芙劳拉摇了摇头说："恐怕是来自一个比这更古老的世界。"

"您想跳舞吗？"

当然好啊！芙劳拉心想，但她不会跳典型的苏格兰舞蹈。为了让年轻人尽兴，乐队一直在放苏格兰舞曲，他们边跳边吹口哨，营造出了一种欢快的氛围。

"我不会跳传统舞蹈。"她痛苦地回答道，但她面前的妹妹西娅却爽快地说："我会！"

"那我有幸和您跳一支舞吗？"男孩开心地问。

芙劳拉扭头朝妹妹瞪大了眼睛。"你怎么会……"还没等她问完，西娅已经和她的舞伴跳了起来。她举起手，双脚轮换着踢了起来。

芙劳拉吃惊地盯着她。妈妈看见小女儿在舞蹈时，也是这样一副表情。"你知道西娅……？"芙劳拉打断问题，干脆地回答说："不！"

妹妹在哪儿学的呢？芙劳拉感到迷惑。只有她如此毫无准备，如此落伍，像上了年纪的夫人们一样看着年轻人跳着、笑着、使着眼色，而根本不像同龄的女孩们，她们大多像是阁楼里的花瓶，穿着洁白的或朱红色的佩普利长裙，戴着华丽的珠宝，穿得袒胸露背。

此外，大部分人在喝酒，气氛渐渐在升温。新郎和朋友们拿着棍儿展示杂技舞蹈，人们也变得兴奋激动起来。

当婚礼快达到高潮的时候，一支吹风笛的苏格兰乐队进来了，莱斯特舅舅也出现在舞台上。他穿着黑色礼服，双臂打开，像一只准备起飞的乌鸦。但在那令人震惊的宴会上，最大的惊喜还尚未出现……

"惊喜会是什么？"简·奥斯汀好奇地问我。我刚抬起头，把羽毛笔放在架子上，盖上墨水瓶，她就出现在我身后了。我对自己在使用蘸水笔这种折磨人的工具上取得的进步感到满意。这次手上只有一处大墨点，我成功精准地计算了墨水的用量。不过，这么写作很费力！除了再弄脏手指外，我的手指也麻了，得抖动一下才能消除麻痹感。这时，我想到了电脑的发明者：不管他是谁，他都更聪明，谢谢！

"惊喜……哎，我不能透露，这会影响效果。"我骄傲地对她说。我用普通的叙述手法就成功地抓住了简·奥斯汀的注意力：在章节结尾处设置悬念。

"你知道这种在结尾时设置悬念的技巧非常好吗？它推动着故事向前进。"

我耸了耸肩。"这是悬疑片……嗯……神秘故事的典型写作技巧。"我纠正道。

但她不知所措地盯着我："悬疑？什么意思？"

"我这样叫它，是因为这类书的封皮通常是黄色的，讲述的大多是谜案，如盗窃、凶杀……不知道您是否见过这种类型。"

"当然，但我觉得大多都写得十分粗糙，没有美感、幽默、感情，没有深度，你懂吗？"

我又耸了耸肩："我也觉得。"

"亲爱的，你冷吗？"她突然问我。

"不，怎么了？"

"你是不是有点发烧？"她坚持道，一只手伸过来想要摸我的额头。

我躲了一下又说："没有啊，我很好。"

"我感觉你在打寒战，亲爱的……"

"怎么会？"我说着，突然意识到自己除了耸肩膀，什么也没做。"啊，你说这个？"我又耸了一下肩膀。"对不起，这算不算是……坏习惯？"

她皱着眉看着我，听不懂我的话。我得在词典中找一下罗莎姑奶奶常用的词，她看见我做一些她不喜欢的动作时就会说："注意，不要养成坏习惯。"

"是坏习惯。"

"我懂了。"她点头同意，"我希望你不要厌烦发现自己的坏习惯。"

"没问题。"

她好像又困惑了。"问题？你有数学怀疑①吗？"

我觉得必须在因用语习惯差异而造成更大的误解之前从这儿出去！

在躺椅上打瞌睡

下午一点钟，外面正热的时候，我出了藏书阁。我到底关在藏书阁多长时间了呢？虽然感觉时间不长，可是已经过去四个小

---

① 一般人说"有数学把握"就是有充分把握，现在作者反其道而用，意思是："你有很多怀疑吗？"

时了！当然，写作的时候时间过得飞快。好饿啊！幸好克劳迪娅备了一些饭菜，我不用做饭，我确实也不想做饭。我很累，我想躺在屋子前面的院子里感受温暖，因为在昏暗的房间里都快冻死了。我脱了衬裙，但没脱衬衫，因为我还是很冷。看来简·奥斯汀说得很对啊，我感冒了！我打着喷嚏。哦，不要啊！在这阳光明媚，与世隔绝的地方生病可真倒霉啊！

另外，我扎在这儿两天了，没和人说过话。肖恩肯定要疯了，他绝对不相信我在这与世隔绝的黑洞里。我甚至能想象到他忍不住说："哪有这样的地方！"他对遥远的星河和太空抱有幻想，但谈到地球上的奇闻怪事时就会变得理性并持怀疑态度。

我能走到镇上去，大概五六公里，差不多一小时就能到那儿，联系上所有人：肖恩、珍妮、安迪。我也愿意给我的哥哥贝尔尼打电话，我想告诉他我开始写小说了，不是和别人，而是和简·奥斯汀本人。

我确信，我哥哥会不动声色地说："那又怎样？我还和猫王普雷斯利一起共事呢！"因为他上大学时，在一个乐队中担任吉他手，乐队的主唱叫普雷斯利，名字和百年前去世的摇滚乐之王一样，但……等一下，我有一个巨大的疑惑：皮诺，也就是普雷斯利，不会是和那个"猫王"的幽灵有联系吧？

不知不觉中，我在躺椅上睡着了。当我醒来时双腿滚烫，出了一身汗。我之前是在阴凉处，但现在完全被太阳晒着。我一下子就跳起来了：我真傻，没涂防晒霜，可能还中暑了！我进屋喝了杯水，然后洗了脸，溅得到处都是水。就在这时，我听见了汽车发动机的声音，抬头看了一下表。四点了！克劳迪娅这时候不是该吃完午饭回到家吗？他们不是说在海滩上就待一个上午吗？

我脸上还滴着水就走到了门口，度假女神版克劳迪娅走下车来：大草帽，黑墨镜，脖子上还围着纱巾。

"嘿，你好！"她边招手边喊着，就像我离她有两千米而不是几步远。她下车前，从车后座拿下一个篮子，然后大步走过来抱我，好像我们几星期没见了。她和农学家应该处得不错。

"你怎么了？浑身都湿了！全身通红！"她担心地喊道。

"没事，我刚才晒着太阳睡着了，我洗了洗……"

克劳迪娅脸上兴高采烈的表情很快就不见了，她的嘴唇紧闭着，沿着门口的湿脚印，高度警惕地来到了厨房。我发现确实有些乱……早餐的杯子，午餐的盘子、杯子、食物残渣还在桌子上。炉子上有热牛奶的小锅，锅里还有意面，锅上面还围着一些苍蝇。

克劳迪娅摘了帽子，把眼镜推到头上，露出了她那失望的眼神。洗碗池那儿几乎去不得人——都湿透了。

"你在这儿干什么了？乱死了！"她责备我。

"对不起……"我开始为自己辩解，"我一上午都在藏书阁，后来我觉得那里面冷死了，你知道……我饿了，然后又极度疲劳，我真的做了很多事……我躺下就想歇五分钟……"我嘟囔着说。

这时她不说话了，她拿起一块拖布开始擦地。我想去收拾桌子，但她冲着我喊道："你待在那儿，都湿了。"在如往常一样阴郁又充满威胁的安静中，她开始收拾屋子了。

"上午怎么样？"我希望使她平静下来。

"好。"她干巴巴地说。

"大海漂亮吗？"

"当然漂亮！"她不耐烦地说，"到目前为止都挺好的。在我发现这儿一团糟之前都很好！你知道吗？"

太过分了。就为了很快就能变干的那点水，那点碎屑这点小事冲我发火！她什么时候变得这么爱整洁了？今早我下楼前还看见她房间里的衣服扔得乱七八糟的，更别提浴室了，护肤品扔得到处都是。现在，就因为一个杯子、一个盘子没收拾好就发这么大火？

"对不起。"我只是重复着说。

"你最好现在去洗个澡，脱下那难看又湿透了的衬衫。"她命令我。

我想到我把裙子放在躺椅上了，于是走出了厨房，把散落在各处的衣物收了起来：地上的衬裙，椅子上的腰带，客厅里的鞋……我正要上楼呢，克劳迪娅挡在我前面，吓了我一跳，但我忍住没喊出来。

"哦，你怎么了？"她更生气地说。

"你从哪儿冒出来的！"我用一只手捂住胸口，像是害怕心脏病发作一样地抗议道。

"你中暑了吗？"她满是怨恨地说，"我刚从厨房出来，你没看见吗？"

"我没注意到……"我看起来确实很迷糊。我半裸着，胳膊上挎着一摞东西，脸颊发烫，呼吸紊乱。克劳迪娅不会知道，真会有人从门里突然冒出来，趁人不注意时从角落冒出来……

"听着，你去洗个澡，换身衣服。我们去镇上，去给你妈打电话。"

我什么也没说，垂头丧气地上了楼。看得出来，克劳迪娅要把我赶回家。她现在有伴了，她想摆脱我，想更自由，而我给她添乱正是一个把我赶走的好理由。洗澡时的温水让我的思路变得清晰，一换上衣服，我的想法变得更坚定了：我现在确实不能走，因为我开始写小说了！

于是，我怀着绝对不能被赶走的决心下了楼。克劳迪娅不在，我趁着这会儿拿出泡茶需要的所有东西为她准备下午茶：茶壶、茶杯，糖罐，涂着黄油和蜂蜜的面包片，还有一个插着花的花瓶。她下楼时也焕然一新，换了衣服，闻起来像刚开的水仙花一样香，她笑眯眯地看见了茶和……我。

"你给我准备了下午茶？真好！"还好，她的愤怒平息了下来。

"我想为今天的事道歉。"我后悔地说。

她倒了一杯茶。"我确实想喝茶，你知道吗？我今天吃得很少，几乎什么都没吃！"她开心地说。这才是她看到厨房有点乱之后闷闷不乐的原因。就像珍妮说的，人在饿或困或难受或任何不适时，就会无缘无故地发怒。

克劳迪娅吃了几片面包，喝了几杯茶，被不懂事的客人弄得家里乱糟糟的感觉越来越淡化了，直到变成不值一提的误解。

"你为什么没吃东西呢？"我假装什么也不知道地问，虽然我很清楚，因为我知道和喜欢的人约会是什么感受。胃被合上了，也许是为了给在上面一直跳动的心腾出空间吧。

"我当时不是很饿，可能我早餐吃多了……"对，没错，应该是今早她吃的苹果把她的胃给塞住了。"总之，我们今晚再做一顿吧。我本来打算准备丰盛点，但法布里九点整到，时间不多了……"

都用小名称呼他了，这两人在沙滩上进展得不错。

"对，我还得给妈妈打电话。"为表示不想逃避自己的责任，我提醒她说。

"啊，对，当然了。要让她放心，你知道的……"她说着，在包里翻来翻去找汽车钥匙。

"那我就留下来啦？"

她猛地抬头，吃惊地盯着我。"当然，你想走了吗？"

"不，我在这里很好，我想现在法布里奇奥在……"

"有什么关系？相反……"她犹豫着，我试图让她说完剩下的话。

"我不知道，可能你们想单独相处。"

"啊，没有。我在这儿是什么形象，老处女吗？"她道出了她的想法。

我急忙鼓励她："你说得对，至少我们是两个自由的女孩。我们来这儿是干活的。"

"对极了。我们有很多事要做，我们在这儿是为了别的！男人们不该觉得我们是很好骗的。"她摆架子说。她终于找到了车钥匙，带我上了车。看到她如此坚定，头脑清晰，你一定会说她是个男人杀手，而不是寻找爱情多年未果的单身女人。

晚上的浪漫晚餐是完美的：温馨、明亮，还有蟋蟀的鸣叫声作为背景音乐。总之，唯一不对劲的就是我，多余的第三者。可他们俩尽力让我没有那种感觉。法布里（显然也正式这么叫了）也让我加入对话，询问我的意见，他用了典型的教师口吻，克劳迪娅被逗得开心地前仰后合，目光闪烁，而我则是有礼貌地笑着。我不否认他很可爱，晚餐也令人满意，不过当夜幕降临，只剩烛光时，我知道我该做什么——消失。

我起身说要去藏书阁看我今早找到的书了。

"你知道吗？我发现藏书阁里有简·奥斯汀的书。"克劳迪娅亲切地指明。

"啊！"他不喜不悲地说，我怀疑他不知道那是谁，"你喜欢吗？"

"嗯，我读过她的一本书，但现在我喜欢她的写作方法。"

"你知道吗？米娅是初出茅庐的作家……"克劳迪娅自豪地夸赞我的优点，"她上过专业的课程，写过一些叙事故事，文章……对吧，小米娅？"

我耸耸肩，因为我不喜欢吹嘘这些我认为是漫长职业生涯中最初的拙作。"我喜欢写作。"

"真的吗？"教授很快摆起农业学家的架子，"真好。你写诗吗？"

"不。我喜欢写故事，叙事小说。"

这时，法布里直接问克劳迪娅："现在我可以说我欣赏喜欢文学的人了……你知道我写过一些短诗吗？"

"真的吗？"她睁大眼睛着迷地盯着他，好像面前就是雅克·普雷维尔①本人一样。

---

① 雅克·普雷维尔（1900—1977），法国著名诗人和电影编剧。他在诗歌中擅长运用文字游戏。

"嗯，只是小事一桩……"他避开说，但克劳迪娅立刻打断说，"你一定要让我读读，法布里，我非常在意……"

"你人真好，小克劳迪娅。"他柔和地说。

我是时候走了。我悄悄离开了，听见他在背后说："碰巧车里有那个写诗的本子……"穿过昏暗的客厅，走过藏书阁的门，显而易见，壁炉亮着呢。就在那儿，我的朋友简·奥斯汀正端坐着，双眼盯着火光。

第三章　说说舅舅和他那与众不同的惊喜

要知道莱斯特先生是芙劳拉和西娅的舅舅，他是做国际大买卖的人。这些买卖使他变得富有、自信，他还因此被授予了骑士称号，这个身份使他可以与上层社会人士交往，并通过美丽的女儿卡特琳和年轻贵族尼古拉斯的婚姻，与诺森伯兰郡的贵族公爵结亲。

但莱斯特舅舅在家族里有名并不是因为买卖成功和地位的上升，而是由于他古怪的性格。他喜欢做一些让人感到吃惊的事情，年轻时他就给人展示在遥远的国家发现的稀奇古怪的玩意儿，还会举办专门的晚会来展示这些东西。甚至他会摇身一变，变成在其他国家博览会上见到的兜售者那般模样，戴着高筒礼帽、穿着燕尾服，叫人们围在魔术盒或玻璃万花筒周围观看，他还经常宣称自己售卖神奇的药水。

多年以后，舅舅把物件换成了动物，这比简单的小玩意儿更能让人印象深刻并引起震撼。因为人们看到小玩意儿后很快就失去了兴趣，而动物能一直抓住人们的眼球。对舅舅来说，动物能引起十分令人满意的反响：战栗、厌恶、害怕、同情、恐惧，这会成为持续多日甚至多年的话题。

有一次，莱斯特舅舅从美洲旅行归来带了一只猴子。猴子关在笼子里，又尖叫又呲牙，它攻击栅栏，在那狭小的空间里转来转去，像着了魔一样。小猴子凶猛，还未被驯服，几位女士对此感到不适。还有几位女士为了不吓到小孩子，便不让他们看到这只小恶魔。实际上，芙劳拉就多次梦见过猴子，直到现在，她做噩梦时还会梦到猴子。更让她害怕的是梦中她被关在笼子里，人们的目光都落在她身上，她还要忍受带尖的棍子的抽打。她抓着栅栏尖叫，却可怕地发现自己就是猴子。

还有像狗一样大的鹦鹉，头上有五颜六色的冠，比例失调的大嘴；长蛇能囫囵个儿吞下老鼠；甚至像古代传说中的野兽，例如一种死后做了防腐处理的小龙，巨象的尖尖的长牙，像手一样大的蜘蛛，或像猫一样大的蝎子……总之，舅舅习惯了让亲朋好友们大吃一惊。

所以，人们都设想他肯定为女儿的婚礼准备了什么独特的玩意儿。人们小声说也许他带来了真正的美洲野牛，这是一种魔鬼般的动物，十分凶猛，长得像黄牛，但有一层软毛；要不就是在非洲捕获的狮子或真正的大象，而不是简单的象牙。但所有猜测都错了，因为非洲大象和美洲野牛都算不上什么奇特的惊喜。于是客人们打赌猜骑士会展示什么，因为他确实是在婚礼前一周刚从美洲归来。

人们屏住呼吸，注视着由四个仆人拖着进来的车子，车上的大容器盖着白色长布。人们还在暗中继续打赌，兴奋地低语：应该是个大型动物，但不像美洲野牛或大象那么大，而且很安静。

"我亲爱的客人、朋友、亲人们！"舅舅兴奋地开始说，"对我来说，女儿的婚礼是我生命中最重要的一天之一，我现在的心情和她出生那天一样激动！"

有赞同的感叹声，有兴奋的尖叫声。舅舅继续说："为此，我想赠给新婚夫妇一件非常好的东西，这是我从美洲高价购买来的。"

可想而知，应该是外国的东西，而且很珍贵，非金即银，这就使客人更加好奇了。他继续讲道："我认为这件礼物对他们来说会非常有用，作为我和他们仁爱的象征，他们一定会自豪地展示。"

"快展示您的礼物吧！"一位客人不耐烦地喊道，其他人附和着，"揭开布！我们要看看！"

舅舅的手伸向前以示镇静，人们的不耐烦令他感到高兴。他走近盖着白布的箱子，慢慢地抓住白布的一个角，然后戏剧性地把布掀到了地上。这是一个类似于之前装猴子的笼子，但里面不是猴子，是一个人，准确地说，是一个男孩。

大厅里爆发出大笑声和尖叫声，等待的紧张得以释放，在小声的谈话中，人们表现出一定程度的失望：有的人以为是巨大的动物，也许是一匹巨大的马；有的人以为是某个原始部落的宝座；还有的人以为是加勒比海盗的保险箱。当他们看到是一个普通人时，都感到不开心。事实上，他很古怪——他的皮肤像沥青一样黑，白色的眼眶就像鬼的眼眶一样。但他的姿态骄傲，手臂搭在身体上，脚完全扎在地面上。他穿得像个乞丐，但站得笔直，像个王子。

"野人。"一位绅士厌恶地评论道，"我没看出这对新婚夫妇有什么用。"

"他们怎么会为此自豪？"那人的妻子——一个面带浓妆的贵妇人补充道，"哪里有仁爱？"

莱斯特舅舅继续向客人们解释他认为大家在想和在低声讨论的问题，说："这个野人是我在奴隶市场买来的。"

低声细语不断。男孩一会儿看向他，一会儿看向盯着他的人们，试图弄明白人们的谈话和反应。他的胸部有力地一起一伏，芙劳拉看着他，感到自己的心像他的心一样在剧烈地跳动。她的眼泪在涌动：舅舅怎么能策划出这样丢人的事呢？

"在路易斯安那州，每个月都有一场大型的奴隶交易，买卖来自非洲的黑奴。"

他说完后，只剩低声细语：客人们已经迫不及待地要继续玩耍、跳舞、喝酒，而不是在这里听这个脾气古怪的人吹牛。在自己女儿的婚礼上谈论如此敏感的话题当然是不好的！更别提还是把男孩装在一个笼子里带的！何况还是在女儿的婚宴上如此当众丢人现眼！

"那您会在这个时刻释放小奴隶吗？"一位鬈发的绅士挑衅地说。

"我的法官好朋友知道在我们这个高贵的国家没有奴隶制，因此，事实上，这个孩子是自由的。"舅舅狡猾且礼貌说，"但他遭过罪，谁也不相信，他的行事和思想方式都是野蛮的。我会让他在年轻的公爵家干活挣钱，短期内就把他变成真正的绅士。"他向着诺森伯兰公爵一家人鞠了个躬，但女儿的公婆没什么反应。年轻的贵族新郎向他举杯以示感谢。女儿、新娘卡特琳高兴得几乎要跳起来了，拍着双手惊呼："太好了！不会再有黑奴！"

这时，几乎所有人都承认男孩太幸运了。他不再是奴隶，还将生活在高雅的环境中，在诺森伯兰最恢宏的住所，这可不是任何人都有的运气。

"就算他是可以被教育的……"一位站在芙劳拉身边的贵妇

嫌弃地说。

　　"我从没见过这么黑的生物。"另一位说："这就是他的肤色？不是因为脏吗？"

　　"亲爱的，其实就是非洲野人的肤色。"在她身后的一位绅士打断说。

　　"您确定吗，先生？这是……人吗？"她尴尬地问道。

　　"我不能担保。"另一人回答道，"但莱斯特先生很着迷。他之前想驯化猴子，您记得吗？现在他想教育这个物种。"

　　芙劳拉的心跳得特别强烈，连耳朵都能听到怦怦的声音，至少能稍微盖过那些人谈话中带侮辱性的内容。这些人怎么没意识到他们面前是个被吓到的孩子呢？他们怎么能这样说这个可能会是他们自己孩子的人呢？他们怎么还能怀疑他不是人呢？男孩扫视的目光和她的眼神碰到了一起，盯住她看了一会儿。她为自己穿着有小蝴蝶结装饰的昂贵服装，与那些认为他低人一等的人站在一起而感到羞愧。她脸红了，低下了眼睛，感觉到眼泪划过自己的脸庞，她急忙用闻起来很香的手帕擦干眼泪。

　　轻轻的敲门声让我像开炮一样噌地跳了起来。我一只手放在胸前，觉得自己的心跳得像芙劳拉那样快。

　　"米娅？你在吗？"克劳迪娅的声音让我放松了下来。

　　"在，我在这儿……"我小声回应。

"还在写字吗？"她进来问道。把手搭在了她露着的胳膊上，发抖地说，"这里面真冷！像个墓穴！"

此刻，我快速朝简·奥斯汀坐得笔直、埋头看书的沙发那边看了一眼，但沙发上是空的，角落昏暗，壁炉也不见了。

"你疯了吗，在这儿待到那么晚。"克劳迪娅着急地喊起来，抱住了我。我当时还站在桌子旁边，因为忘了戴手套，手上都是墨。而纸已经被谨慎地藏在一本厚厚的书下面了。

"我完事了。"我困倦地回答。她松开了我，双臂交叉在胸前，还在发抖。

"你知道几点了吗？"她问我。

我摇了摇头。

"半夜十二点了，我以为你在这里睡着了。"

"法布里呢？"

"他正要走，在等着和你告别呢。"她拖长着声音说，应该是多喝了几杯。从房间里出来，她紧紧抱住了我，"你如此认真地对待这份工作，真让人难以相信。"

对啊，事实上，从肖恩开始就没人相信。

说出来难以相信

对啊，连肖恩都不信。他甚至还拿我开玩笑！

不过时间需要往回倒退一点，需要退回到今天下午，在我和农学家诗人吃晚餐以及把自己关在藏书阁里疯狂写作前，在我和克劳迪娅去镇上和外部世界联系的时候。

我刚到广场上，手机就有信号了，好开心啊！信箱几乎爆满了。我不得不先给我妈妈打电话，因为克劳迪娅像老鹰似的在我边上盯着，坚持让我赶紧给家里打电话报告我们俩过得很好。当妈妈要和克劳迪娅讲话时，我却没把自己的手机递给她，而是让妈妈直接拨打克劳迪娅的电话，这样我就能用自己的手机踏踏实实地给肖恩打电话了。电话一接通，肖恩没向我问好，而是迫不及待、担心地问道："你在哪儿呢？"

"我现在在镇上，但之前在丛林深处的某个地方，我都不知道怎么联系你！"

"编故事呢吧！怎么可能只能现在打电话？"

这时我也激动起来："肖恩，你觉得我给你打电话是为了让你埋怨我吗？"

"天啊！米娅，是你在玩失踪，好吗？"他坚持道。我好像听到了电话那头有类似轰隆隆的声音。

我反问说："你听到噪音了吗？这里网络不通，我能打通你的电话就算是奇迹了。"

"不，是风的声音。我在帆船上呢。"

"什么帆船？"我疑惑地问他。

"要是你在两天前打了电话，我就告诉你了。"他还略带生气地说道。他一生气就很烦人。"他们邀请我在这岛上转几天。"

"啊！"我只说了声，"谁邀请你去的？"真不知道该说别的什么了。

"行啦，米娅！是两个打篮球的朋友。"

"我认识他们吗？"我盘问道。

"真难相信，你问的是什么问题？我两天没有你的消息，不知道你在哪儿，在做什么，可你现在却还吃起醋来了！"

"你很清楚我在哪儿，我和克劳迪娅在一起，待在一个最多只能看到狍子的孤零零的危房里，每天只能在藏书阁里泡着。"

"算了吧！"他开始放松地笑。我突然想到他在帆船上穿着泳装，就和香水广告里一样。我觉得自己就像个傻子，跟他离得那么远，还得和一个刚认识的疯子待这么长时间。

"我正写小说呢。"这话首先是为了安慰自己而说的。

"真的吗？太棒了！"轰隆声加大了，他喊道，"关于什么的？"

"关于爱情。"

"哈哈哈哈！"他开心地笑了起来。我不知道哪里可笑。"难怪人家都说艺术使人升华！"

"你到底是什么意思？！"我厌烦地反驳说。

他特开心，他开始在电话里用精神分析法说："我说，还没爱过就谈爱！"

这太过分了！我爆发了："算了！听着，肖恩，最好还是先挂了电话吧！"

"亲爱的米娅，你生气了？"他用亲切的口吻试图挽回。

"怎么会呢。我在和简·奥斯汀探讨爱情。"我神秘地说。但肖恩把这当成了玩笑，他说："得了，她也没什么可跟你谈的，我记得她好像从来就没有搞过对象。"

他什么时候知道我老师的这些事的？

"我没想到你对奥斯汀这么了解……"我越来越焦躁地嘟哝道。这次通话真是一场噩梦。

"哎，米娅，你不记得我们一起看过的那场电影了吗？"他越发开心且讽刺地问道。他的声音好像因为周围的风声而变小了。

"什么电影？"我随便问道，感觉此刻这里缺乏空气。下午六点，炙热的镇上没有一点微风。昨天不是还很凉爽的吗？发生了什么？现在太阳高照，我浑身是汗，还很生气。电影、小说，我们到底在说什么呢？我们一下子变成了两位五十岁的教授吗？

"对啊，米娅，关于简·奥斯汀的电影，你拉着我去看的，你不记得了吗？"

我不知道是不是因为太阳直晒的原因，但我脑海里确实闪过了电影的片段。天啊，我记性真差，才十几岁就不记得最近才看过的电影了。

我在脑海里把扮演简·奥斯汀的演员与真正的作家相比，心不在焉地评论道："她一点也不像简·奥斯汀。"

"你怎么直接叫她名字呢？你不是说过她是古人吗？"这时，他仍然生气地提醒了我。我脑海里闪现出他迷人的微笑，风拂过他裸露着的肌肤，吹拂着他清爽的头发。而我则像洗土耳其浴①一样大汗淋漓，感到筋疲力尽。

"我不想谈论她。你告诉我你在干什么。"我倚着墙，服软地说，"我觉得自己在这儿很蠢，而你在那儿玩得挺开心啊！我

——————————
① 土耳其浴是中东地区在公众浴场进行的一种传统洗浴方式。利用浴室内的高温，使人大汗淋漓，再用温水或冷水淋浴全身，达到清除污垢，舒活筋骨，消除疲劳的目的。——译者注

想你了！"

好啦。现在好多了。说我很想他难道要这么费劲吗？我多想成为使他开心的风，我多想蜷缩在他的怀抱里，我多想被他亲吻和拥抱，而这正是肖恩最擅长的。然而我现在待在这里，像常春藤一样趴在炙热的古老的石墙上。我头好晕，可能是暑天的燥热让我中暑了，可是傍晚六点中暑也真是百万分之一的罕见啊。

他低声说："我也想你！要是我们一起在这儿该多好啊……"

这时，电话那头有人打断说："嘿，你要离开我们吗？咱们得拉主帆啦！"

"什么？"我吓了一跳，离开了墙，"喂？肖恩？"

"对不起，是那两个傻瓜，我得挂电话了！"他笑着说。在他的背景声中，我能听见笑声和风声，还有肖恩的呼唤声。我竖起耳朵，发挥想象，感受着小船在湛蓝的大海上，在阳光染成的金色浪花中摇晃不定的样子，我真的感觉很难受。

我爱大海，我爱肖恩。我讨厌农村、镇子、让我痛苦的单身女人，我讨厌自己作为作家、思想老旧者和另一时代的女孩的样子。我讨厌克劳迪娅，还有她的名人姨妈和意大利乡村的英式房子，还能比这更装腔作势吗？我讨厌有幽灵出没的藏书阁，我讨厌不懂得爱情，却偏要谈论爱情的她，她居然还建议别人写自己知道的东西。你知道吗，简·奥斯汀？我要和你断绝联系。

我们准备启程回家吃晚饭时，我仍这么想，面露不快。我静静地坐在副驾驶座上，而克劳迪娅却像喜鹊一样叽叽喳喳，说个没完。有人喜欢听自己自言自语，恐怕只有身旁的人是块木头才能忍受她这样，现在就是这种状况。没错，克劳迪娅在兴奋时就是这样的。因此，她并没有发现我心情不好，只是随口问了我一句是否一切都好。我像往常一样回答说"很好"（我和十分亲密的人在一起时，才能诉说一切，但这种情况下，我能和我妈妈的这位朋友讲什么呢）。她终于停止了唠叨，却又开始发号施令，让我把哪些东西拿到车上，哪些东西塞到车后备厢里，然后跳上她的雪铁龙，打开收音机，把音量开到最大，嘴里哼着小曲儿，还跟旁边坐着的盐雕①（就是我）聊着天，又开上了回家的路。我觉得那栋房子就像一只大笼子，那种看起来讨人喜欢，带拱门、秋千和浴盆的白色笼子，专门诱捕愚蠢的金丝雀（就是我）的大笼子。

我一直沉默不语，情绪低落，卸下了买来的东西后，就上楼换衣服去了。可我没想到简·奥斯汀正在楼梯平台那儿等我。天哪，这个糟糕的家里没有一点隐私！

"对不起，我有急事找你。"她礼貌地说，好像看懂了我的心思。

我不敢回答。其实，她总是让我感到很害怕。

我只说了"请"，然后把她带到了我的房间。我小心地关上

---

① 这里应该是形容米娅出了一身汗后，满身盐渍、一动不动的形象。——译者注

了门，以防克劳迪娅上楼时发现我在房间里自言自语。她看不见简·奥斯汀，因此，我推测她也听不见简说的话。

"对不起，米娅，我想就你写的内容问问你。"

"没问题。"我低声讲。

她吃惊地抬起了眉毛。"你给我解释一下跟数学相关的表达是什么意思……"还没等我给出答案，她又接着说，"你看，根据你写的那些……我不想让你觉得我有点，怎么说，有点太过直接，但你的这些有关婚礼的讲述真的让我深受冲击，就是这种不是那么体面，甚至过于放纵，还有这些服装……你是怎么想到的？这是真实的经历吗？"

现在，一个幽灵来问我写的到底是否是真事，真是太荒唐了！另外，我不觉得羞耻，更不是粗俗，婚礼通常就是粗俗的凯歌，再看看理发店里的杂志，人们就能对时尚有个大概了解。不过，我当然不能这么说。一方面是因为跟肖恩的通话而心里难受，另一方面是因为居然还把自己跟幽灵关在这里谈论小说和写作的倒霉想法而后悔，于是我主动出击，说："对不起，简·奥斯汀小姐……"

"请叫我简就好。"

"按照您的意思，无论如何都得坚持只写实事和经历，可是您写的故事也不都是您的亲身经历和您确有把握之事啊！"

她不安地看着我，脸色看起来比往日要白。"你想说什么？"

"我想说，您在您的小说里总是谈论爱情，谈论爱情是理性而不是感性主导的，不过……"我迟疑了，面对这个严肃又礼貌的女人，这位伟大的女作家，我不敢把我脑子想的都说出来。老实说，我不再这么想了。谁会在乎伟大的简·奥斯汀是否亲身经历过刻骨铭心的爱情呢？谁会在意她讲述的是否都是她人生中的经历呢？她善于观察，尤其是她知道如何更好地讲述那时女孩们的感受，以及她们是如何不拘泥于一个女性角色，而且凭借智慧、敏感和勇气走出了世俗给女性划定的界限。总之，在两百年后的今天，也还是很有现实意义的。

　　"我知道你想说什么。"她垂下目光小声说，"你想问我是否经历过我讲述的伟大爱情，是否遇到过那种帅气健壮的男人……"

　　我清楚地记得她当时在讲自己书中的某个部分，但我不太敢肯定：我本应该马上到什么地方确认一下，可是当我听她讲的时候，又很肯定我之前看过，没必要再去确认了。她声音有些颤抖："我有，我有过这种美妙的情感，直到现在，一想起来，我还是无法控制自己的情绪。"

　　我吃惊地张大了嘴。我没法用19世纪的思维方式来组织我的想法。我本想说："是谁？最后为什么没能成功？"

　　不过她不是我这个时代的女孩。她已经吐露了很多。她低着头，叹了口气，又带着明朗和感动的笑容抬起头，让我不得不想，她这么美，丢下她的家伙一定是个傻子。所以，最好是这样：无论是谁，都配不上像她这样的天才女子。

你是怎么想到的

不过，天才也说平凡的话。我没想到女作家会如此平庸地问我："你是怎么想到的？"

我困惑地看着简·奥斯汀，不知道该怎么回答她。

早晨，太阳当空照，农村绿意盎然，克劳迪娅正在种玫瑰，为快要成为未婚夫的男友制造惊喜，而她的男友总是以"帮忙"为借口过来找她（我很清楚这意味着什么，因为在我需要帮助的时候，肖恩也总是尽可能地帮我的忙），而我在这里却是在接受一个女人的严厉考验。对于我乐于讨论的话题，简·奥斯汀却感到不安：奴隶制！然后是种族主义！真轻率，真傲慢！我知道她脑海里闪过的就是这些词，但她和她的书中人物一样，喜欢通过冷静和冥思来展示自己的自控力。我知道并不是因为我仔细地读过奥斯汀的作品（毕竟也不是学习内容），为了更好地"衡量"

我书中的人物，就拿了一本安德里安娜姨姥姥写的书阅读，"衡量"这个词用在这里是最确切的。也可以说是训练我，而她就是教练。

总之，名人安德里安娜姨姥姥在这本书里（我一会儿看这儿，一会儿看那儿，是跳着看的，因为我觉得有的地方太难理解了）解释说奥斯汀深知语言的力量，她知道有些话题会引起冲突甚至战争。对话固然具有重要意义，但沉默则是克制自己与他人冲动的有效方法。总之，语言掌控一切。另外，一个一直关在家中的19世纪的女孩能做什么？再说了，对女孩子而言，一些话题是不能提的：战争、政治、法律，那都是男人的事情。

"我认为小说不应回避复杂的主题。"我回答道，说话的方式不像是自己的，我正在尽最大努力适应我老师的表达方式。

"你认为爱情不是复杂的主题吗？"她机智地问我。

"我认为是。不过，我认为小说也要涉及一些人们不愿探讨，或想要忘记，或他们不知道的话题。"

"比如我们女生是什么样的，我们有头脑，而且会用头脑。"她讽刺地对我说。天啊！她这个在女权主义出现之前的人，居然在给我上一堂女权主义课。

"我十分认同这一点。"我也庄重地说，"不过，我认为小说除了讲述人们在客厅闲聊的内容之外，还可以更丰富些。例如，可以讲那些没有放在明面上讨论的内容，讲那些富人且受过教育的人经常谈及的话题。"

她看着我，默不作声。"比如剥削，奴隶制。还有那种认为与我们的生活方式、肤色、宗教、传统或风俗不同的人都比我们低级的观念……"说着这些话，我觉得自己情绪有点激动。

简·奥斯汀仍然沉默不语。因此，在我慷慨激昂的一番陈词过后，竟陷入了惊奇的沉默。说实话，我的话确实也显得有点夸张和自以为是。

我缓和了语气，承认道："我明白在小说里不能辩论或推论……"

简·奥斯汀像是一尊雕像，不说也不动。

"总之，简小姐，我这么写是因为我跟您提过的那位绅士……那位英国的小伙子……好吧，他是深色的皮肤！"

简·奥斯汀又兴奋了起来。她睁大眼睛嘟哝着。自控是有限度的！"你说的是事实吗？怎么可能？英国的奴隶制才废除没多久……"

"但在意大利，一千年前就没有了。"我有点骄傲地解释。

"一千年？"

"差不多。在公元1000年之前，威尼斯就废除了奴隶制。"

"啊，没错！你的国家文明悠久……你不是说那个绅士是英国人吗？那和意大利有什么关系呢？"

"他和家人在意大利生活了很多年……"最好不要说太多，

让她猜猜。

"我懂了。在意大利经商的英国家庭……收养了他？这样他就是完全地道的绅士了？"

虽然这不是事实，但已经很接近了。没错，肖恩的家人是因为工作的原因来到意大利的，他们有礼貌有教养，对于这点我可以保证。我没说收养的事，因为年代太久远了，所以无法解释！

"完全地道的。"我笑着重复道。

"现在我懂了。"她很开心地说，眼睛闪烁着，"甜美的米娅！"她张开双臂喊道，"亲爱的！你说得对，你该写这个故事，我们可以在小说里写如何消除壁垒。"

"偏见。"我说道。

她双手伸向前，手指交叉，握在一起，十分欢喜。我模仿她的手势，这是我们相互拥抱的间接方式。真奇怪！好像简·奥斯汀知道自己这个幽灵很快就得消失……事实上，当听见有人敲门时，我的老师已经迅速离开，逃回藏书阁的黑暗角落，消失不见了。

"你想喝点橙汁吗？"克劳迪娅殷勤地问我，在半开着的门那儿探头说。

"好啊。"我说。

她打开门，疑惑地看着我。我站在屋子中间，一动不动，这看上去很奇怪，但我立刻为自己的行为找到了一个很好的理由：

就像老师经常用拉丁语说的一句话，具体怎么说我不记得了，但大概意思就是说不找借口就是在承认错误！所以，按照简·奥斯汀的方式，我保持了沉默。结果，克劳迪娅强调的唯一一件事是："这儿像地窖一样冷，快出来暖和暖和，快！"

不管怎么说，橙汁和外面的暖和安抚了我，当然还有刚才和简·奥斯汀的对话，鼓励我继续按自己的想法来写作。于是，喝完橙汁我又走进藏书阁，坐到了写字台前，打开墨水瓶，用笔尖蘸了蘸墨水，开始写这一章。

第四章　宴会上的相遇

珍妮弗是芙劳拉最好的朋友。实际上，她们是一起长大的表姐妹，年纪就差几个月。珍妮弗的爸爸是芙劳拉的妈妈的哥哥，他是律师，住所离他们家不远。因此，两个女孩都参加了婚礼，现在她们兴奋不已地在讨论宴会。

在舅舅安排的令人震惊的演出时，珍妮弗并没察觉到表妹的异样。那时，她的心思都在那位邀请她跳舞的帅气的军官身上，他连续邀请了她三次：他对她的好感已经表现得十分清楚了！

总之，珍妮弗的眼里只有卡特尔中尉，他又优雅，又礼貌，还……

"我能说出来吗？对，我可以和你说。"珍妮弗兴奋地喊道："他身上的香气太迷人了！"

"香气？你说什么呢？"芙劳拉吃惊地看着她。

"嗯，香味，你没闻到男人身上的香味吗？我对气味十分敏感。"

"你说的是烟味，马的味道……这类气味吗？"芙劳拉尴尬而含糊地问。

"我觉得那是老年人，我们的父亲的气味。年轻人的气味不同，有些不那么让人喜欢，有些像卡特尔中尉，好闻得能让人晕过去。"

"看来他用的是好香水。"芙劳拉评论道。她可没觉得别人的香味有多么重要。

"特别好的那种。"她迅速地回答。

"那看来凡是身上有这种香味的人，都能让你神魂颠倒。"

"任何有卡特尔中尉这样的谈吐、这样的身材、这样的笑容的人都行。"珍妮弗陶醉地说。

"那就不只是香水的事了。"

"那是最起码的，你知道的。他散发的是既温柔又强壮的气息，不知道我说清楚了吗？"

"我不明白，难道是他跳舞的方式？"

"对，当然了。我头晕目眩，我向你发誓，那感觉不像是在地面上，而是在空中、在云上飞……"

芙劳拉尽力抑制住了自己的愤怒。珍妮弗好像沉醉于甜言蜜语中而无法自拔。在云上！和那个穿得像是把苏格兰军服缝在身上的人在一起！那个男人虚荣又愚笨，在爱慕他的女人们面前卖弄自己，还亲吻她们的手。显然，他还想像玫瑰甚至能吸引无知昆虫的异域植物一样靠香味来吸引她们，然后再把她们吞掉。确实，芙劳拉的想象太夸张了。不过，现在芙劳拉想转移表姐珍妮弗的注意力，让她听听自己的想法，而自己的想法也是很执着，难以令人接受的。

"你觉得莱斯特舅舅的表演怎么样？"

珍妮弗抬起手来又放下了。"哎，我觉得舅舅品味不好，但也不像有些人说的那么可笑。"

"对我而言是可怕。"芙劳拉皱着眉头说。

"确实很吓人，我所体会到的确确实实就是害怕。你知道吗？我也对卡特尔中尉说我看到野孩儿时感到害怕。"

"啊……"

"你知道他对我说了什么吗？"

"说来听听。"

"他说这个反应很正常，也很微妙。事实上，世界很恐怖，有很多野人，我这个阶层的女孩不知道外面的世界有多恐怖是幸运的。为了保持甜美，我最好不要看这种表演，也不要有这样的不安。"

"也就是让你不要出门吗？"芙劳拉压制着愤怒问道。那个中尉还不是表姐的朋友就要命令表姐做什么了吗？

"这是什么话！不是待在家里闭门不出，而是尽量不要到远处旅行，接触那些……那些地位低下、不文明或缺失教育的人……避免出事。"

芙劳拉愤怒地打断了她："我觉得是我们的做法不文明，连最起码的怜悯心都没有。那男孩被关在笼子里，像怪胎一样被展示。"

"嗯……当然……不过……"珍妮弗气喘吁吁，看到表妹如此激动而感到吃惊，"没错，那是令人难过的表演。不过，无论如何，莱斯特舅舅做的是好事，他让男孩获得了自由……"

"真慷慨。"芙劳拉忍不住讽刺地说，"在这个国家，如果不是生在富裕家庭，很难实现自由。"

珍妮弗吃惊地看着她，她说得很对，但她的语气为什么如此不满呢？她好像对莱斯特舅舅怀有难以言喻的怨恨，所以，珍妮弗觉得应该要为他说话。"我觉得舅舅就是想做一种教育实验，帮助男孩摆脱无知……"

"啊，是吗？他现在变成老师了吗？"芙劳拉问，突然开始大笑起来。

珍妮弗不理解为什么表妹反应如此强烈：她在婚礼上经历了什么？可能她发生了什么不愉快的事情，她被什么人批评了吗？

没有人邀请她跳舞？她试探着问道："不过，你在宴会上玩得开心吗？我看见你和许多帅气的男孩跳舞！"

"跳舞？啊，对，但不算多，也就接受了五六个人的邀请……"

"才五六个？我有十来个，可是能整整记下一小本的人，比如你知道的，同一个优秀的男伴邀请了我三次……"

啊，又开始了！芙劳拉回道："我替你开心，但我没心情玩。"

"真的吗？真遗憾！芙劳拉，不过我希望你不要因为我即将跟你说的话而感到难过生气，你先发誓你不会生气……"珍妮弗低声说，芙劳拉却抗议道："我都不知道你要说什么，怎么保证不生气？"

"你要是不发誓，我就不告诉你了。"

芙劳拉屈服了："好吧，我不生气。到底是什么？"

"好的……"珍妮弗犹豫地说，"芙劳拉，是你的着装有问题。参加这种迷人的宴会，你怎么穿得那么正派？对西娅来说还行，她还小，可以穿衬衫和长裙，可你是大人，又这么可爱……穿得好像你要隐藏什么似的……"

芙劳拉答应过不生气，她努力抑制住不满和愤怒。她的衣服和她的心情有什么关系？"我参加宴会不是为了吸引别人的关注。"她有点沮丧地说。

珍妮弗说："你看，我就知道你会生气！"

"没有，我不是生气……"

"你看看你的脸色。我告诉你只是因为我爱你，你明白吧。"

"当然，我知道。但和衣服没关系。"

"有关系。比如，你今天比宴会那时更好看、更自然。你为什么把带泡泡袖的衬衫穿在里面呢？你应该露出肩膀和胳膊……"

芙劳拉叹气说："那样我妈妈不会让我出门的。"

"啊！"珍妮弗惊讶地张大嘴，"你之前不是说自由吗？"

芙劳拉笑了："对，实际上，自由是实现不了的理想。"

"天哪，你真复杂！连眼前穿衣的自由都做不到，凭什么还奢望实现人们既不知道又实现不了的愿景。"

芙劳拉睁大了眼睛。她表姐的推论完全合理！

"你当初可以和你妈妈商量穿看起来不那么像修女的衣服。你该拉着脸威胁她说，如果不允许你那样穿的话你就不去了，总之，你该试试一些简单有效的方法。"

"我不擅长这些套路。"芙劳拉沮丧地说，"我喜欢想什么就说什么。而且，我觉得服装不那么重要。"

"恰恰相反，它很重要。你应该自己决定宴会上穿什么，而不是你妈妈决定。你觉得呢？"

珍妮弗的话让芙劳拉深受触动。她肯定没想过自己有挑选衣服的自主权。

"第二，怎么想就怎么说并不总是有用的，不是吗？"珍妮弗越来越专注、严肃地继续说，而芙劳拉则保持沉默，"就像你说的，对值得的人、听你话的人和尊重你的人说实话才有用，但有可能使你更受束缚。"

"比如呢？"芙劳拉若有所思地小声说。

"要是我告诉你说，卡特尔中尉给我寄了一张卡片……"

芙劳拉很吃惊，"什么卡片？"

珍妮弗神秘又欣喜地说："他写了短短的几句话，但字里行间洋溢着对我的欣赏！"

"那你回复了吗？"

"当然要回复啊。"珍妮弗模糊地说。芙劳拉期待她再说点："回复了什么？我能知道吗？"

"我说我也欣赏他，而且希望再见到他。"

"你给他吃了定心丸！"芙劳拉惊叹，身体离开了沙发靠背。

"当然，我记得我和你说过我很喜欢他。"

芙劳拉在沙发背上靠了一会儿，然后又坐直了。"我明白了，你说得对。我欣赏你的勇气和主动，但我觉得你有点冲动。我得提醒你，他是军官，除了打仗，他的第二个任务就是迷惑女孩了。"

珍妮弗开始笑了起来："但你忘了我们是女孩，实际上，我们的第一和唯一的任务就是迷惑男人啊。"

芙劳拉生气了："我不这样认为。我对你说的迷惑和留下好印象没兴趣。我要找到一个能相互理解、共情的人。"

"你看？你又给自己定了一个遥远的目标，这样你会错过触手可及、招人喜欢的人。也许你应该从自己设定的高台上下来。"

珍妮弗最后边说边伸手碰了碰芙劳拉的腰和肚子，挠了她痒痒。

第五章 不速之客

几天后，突然有人来拜访芙劳拉，这让她措手不及。是一个叫汉密尔顿的年轻男人，但她对这个名字没有任何印象。直到他出现在她的面前，她才想起那是为数不多的邀请她跳舞的骑士①之一。他又高又瘦，脸色苍白，眼睛明亮，头发柔顺，有教养，优雅地和芙劳拉的妈妈坐着喝茶。当她走进大厅时，他站了起来，正式地问候了她一声。

"汉密尔顿大人来拜访我们，真是太客气了。"妈妈开腔了，掩盖不住开心和满意，"我正跟他说桌上的插花是你做的。"

"真漂亮啊！"汉密尔顿笑着小声评论道，排箫②一样的声音与他的身形完美契合。

芙劳拉看着这两个像在开玩笑的人。难道他们是在说她今早

① 骑士，此处指舞伴，也可理解为追求者。——译者注
② 排箫是指由一系列管子构成的管弦乐器，管子按由长到短或由短到长的顺序排列，这种乐器既可以独奏又可以合奏。——译者注

放在花瓶里的花吗? 用连翘瓣穿插紫红的银莲花?

"芙劳拉, 花之女神。"他十分肯定地说。

芙劳拉想起在跳舞时他就是这么对她说的。

"对, 没错。我的大女儿出生时, 我们也是这么想的。她红扑扑、圆嘟嘟的脸, 就像刚绽放的花朵一样……"妈妈开始积极地夸赞她, 而芙劳拉越发愤怒。她不喜欢别人夸赞她, 尤其是当着她的面, 况且这些对她的溢美之词还是绕了那么大圈子说出来的!

"您是神话专家吗?"她话锋急转, 直指那个看起来很懂女人的家伙。

"不完全是吧。"他回答, "但波提切利的《春》大家都知道!"他冲着妈妈眨眼。妈妈虽然一点都不知道他说的是什么, 也还是又点头又微笑。

"确实可以这么说。我觉得我父母没想到花之女神会是那个被泽菲洛①穷追的裸体女人。"为了让她妈妈不再高兴地点头, 芙劳拉低声朝妈妈说了些挖苦他的话, 而此时汉密尔顿纠正说: "是个很漂亮的女人, 长着甜美温柔的脸蛋……"

妈妈对芙劳拉反驳道: "你说什么呢? 怎么在客人面前说这些东西?"

"我说的只是在《春》这幅画中, 女人赤身裸体, 身上只披

① 泽菲洛是波提切利《春》这幅画中的一个人物, 是西风神。——译者注

着一块薄纱，而且提到那幅画人们总会浮想联翩。"

汉密尔顿有些惊慌失措地看着她。而她的妈妈生气了："总之，别提污秽之事了。我不知道你为什么在这位尊贵的客人面前这么没有教养！"然后转向他，"汉密尔顿大人，请您原谅她，她有时有些任性，但如您所见，她是个既有趣又有艺术细胞的女孩。"

"啊，对，当然。"他安慰道，"您对画的了解很深刻。您亲自去佛罗伦萨看过吗？"

"很遗憾，没有。"芙劳拉回答，她手里端着茶，一口也没喝。

"那我很高兴以后有机会能陪您去看。"

这话意味着汉密尔顿大人对芙劳拉感兴趣，当妈妈正为此而满心高兴时，芙劳拉发问了："我猜您去过佛罗伦萨近距离看过那幅画了。"

"对，那是一次难忘的经历。"他不温不火地说。

"画上的女人与真人一样大，对吧？"芙劳拉强调，"而且除了中间的人物之外，其他也都是裸着的吧。"

"够了，别说了！"她妈妈命令道。

"妈妈，我们在探讨艺术！"她假装清白地强调。

"对，文艺复兴时期的艺术展示的不是现实，而是理想。"他跟课本上说得一样。芙劳拉露出坏笑："可是画家也有女模特，是吧？他们可不是凭想象画人物的……"

他又慌张地看着她，好像没听懂。而她妈妈抓住机会换了话题："芙劳拉喜欢画画，因此她对古典艺术很了解。"

"啊，真好。"他点着头评论，"你画什么？"

"风景。真遗憾我没有那样的模特……"

她妈妈打断她急忙列举道，"的确，你只能画你妹妹、我、你爸爸、你表姐……"。

"我很想看看。"汉密尔顿说，"我希望有此殊荣。"

"当然了，您应该来我们家吃顿饭，这样芙劳拉就能向您展示她的木版画了，对吗？亲爱的。"

"非常乐意。"她一点也不情愿地回答，开始理解了表姐所说的不能怎么想就怎么说这句话了。她发现她不能完全自由地说出自己的心里所想：就像在这种情况下，为了不冒犯满怀好意的客人就需要撒谎。

事实上，她急切希望来访者别再烦她了。当他戴上帽子终于走出门槛时，她如释重负。

她妈妈皱着眉盯着她："你这是什么反应，芙劳拉？"

"对不起，妈妈。毫无疑问，汉密尔顿大人很有礼貌，但他有点呆板。"

"我不懂你为什么会给出这么差的评价。在我看来，他又高又帅，文雅风趣。"妈妈强调，"他有意好好地了解你，你不开心吗？"

"一个年轻男士想了解我,我就要开心吗?"

"你不要假装不懂,芙劳拉。"妈妈责备道,"汉密尔顿大人十分富有,他地位优越,前程似锦。在你'屈尊'来和他打招呼之前,他和我说他在做买卖,还要去印度出差。"

"那他来这儿是和我们道别的吧。"她讽刺地说。

不过,她妈妈没有生气,她望着天叹气:"芙劳拉,今天你把我搞晕了。总之,有帅气优雅的帅哥喜欢你,他好意来拜访咱们,你却拿他开玩笑!"

"我没开他玩笑。你没听到吗?我们谈论的是艺术。"

"对啊,但你是以敌对的方式,还暗含不满,我不明白他为什么没有立马走掉。"

"正如我所说的,因为他呆板,他根本就没听懂。"

"但我很明白,我劝你不要无礼傲慢。否则,不仅这个优雅精致的年轻人会跑掉,任何人也不会和你约会。"

"总之,我应该喜欢这个男人就只是因为他对我感兴趣吗?那你又为什么喜欢他?"

她妈妈开始摇头:"我不知道你为什么让我这样痛苦。我知道我偏头痛的原因了。"

芙劳拉马上停止了反驳:"对不起,妈妈,我要上楼去看我没看完的书了。"

"我觉得你看得太多了。"她妈妈担心地评论道。

文学漫步

"我觉得你太劳累了。"克劳迪娅担心地说。

"你就只是说说罢了。"我厌烦地回答，"我不就是为这来的吗？"

"当然，宝贝，不过我希望你也要放放假。事实上，我们身在天堂里，你不觉得吗？"

没错，我知道天堂在哪儿，但很遗憾，在离这儿很远的出海的船上。可能这就是我坚持写我的小说的原因，本来是一章，却延长成了两章。虽然我头都没抬地写了一上午，头还有点晕，但我很开心。我希望简满意这个结果。我把所有的手稿都放在写字台上，就出去吃午饭了。午后一点半刺眼的阳光照得我几乎要昏过去了。我紧紧披着玫瑰披肩，它都快变成我的了。和房子的主人克劳迪娅相比，我看起来像个小老太太，而她穿着日光浴衣①，戴着草帽，非常开心，皮肤晒得黝黑，看起来年轻了二十岁。看来这个幽灵出没的房子还有这种能力：吸走我的青春，然后传给它的主人……我这幻想的是什么啊？这不会是恐怖片吧？

我急忙摆脱这种愚蠢的想法。克劳迪娅对我很关心，但我并不感激：她可能是担心我不出门，不和外界联系而感到无聊。而我正在体验所有作家建议的，但很难真正做到的全神贯注：时间只用于写作，毫不分心，否则很难进行像撰写小说这样高难度的工作！

"你知道我们今天要做什么吗，米……呃，亲爱的米娅？今天下午我们去海边！"

"不！"我惊呼，好像她告诉我要跳入深渊一样。克劳迪娅张着嘴，我补救着解释道："对不起，克劳迪娅，我没听见。那儿离这儿太远了，我怀疑我因为偏头痛没听清楚……"我引用了自己小说中的话，但克劳迪娅对此毫不知情。

她立刻激动起来，操心地为我诊断说："你确实脸色有点苍白，是不是病了？"

"总之，我最好不去海边，因为太阳照得我难受。"我有点抱怨地说。

"行，没问题。不过，我禁止你再回藏书阁了，亲爱的。那

---

①　日光浴衣，是做日光浴时穿的，类似泳衣。——译者注

里面太潮湿了，你最好在温暖的户外待着，或者……你觉得我们去镇上散散步怎么样？"

我耸了耸肩。她坚持道："散步十分有好处，你不知道吗？所有医生都这么说……"

"作家也这么说……"我还是那样小声嘟哝着，想着我也逃脱不了了。天啊，我真的写得太多了！

"啊，是吗？我不知道……"她说。不过，一会儿她又说："不对，我知道！我读过一位在全世界跑马拉松的日本著名作家的作品！"

"太夸张了。还马拉松呢……我以为是那些建议散步的人，散步好像有助于头脑保持清晰。"

"等等，杂志上有篇文章……"她边挥动手边热心地继续说，"类似讲小说和运动的关系，还有一位坚持长跑的美国女作家和几个意大利的……"

"你连一个人的名字都不记得了吗？"我有点生气地问。我感觉这像爸爸和妈妈的对话：那个演员叫什么？电影里那个金头发的坏人，就是那部动作片，我想不起名字来了……他们记性很差，就像上午下课，黑板上的字经过几番擦拭后，只剩下单词或数字的白色痕迹一样。

"我没读过他们的作品。"她天真地答道，"而且如今作家太多了！"

"为什么以前的作家更少呢？"我感兴趣地问。

"对，少得多。你差不多都认识，那个赢得诺贝尔奖的叫什么来着？那个美国人？"她又开始了，"还有一个很棒的意大利女作家，她的一些书还被拍成了电影……"

当然，过去有那本书，今天有这本书，不少作品都是转瞬即逝的流星，只是昙花一现。更不用说那些哪怕给钱都没人说得出来的书名。于是，我打断了她没用的苦思冥想："对不起，克劳迪娅，我可以问你一个问题吗？"

"当然，宝贝。"

"简·奥斯汀写了什么你记得吗？书名。"

"怎么会不记得？《傲慢与偏见》《理智与情感》。"她笑了起来，"不过，可笑的是，这不还是这本书，那本书吗？"

我补充说："还有《诺桑觉寺》《曼斯菲尔德庄园》……"

"《爱玛》。"她补充道，伸出食指表示对自己的记忆感到骄傲。

"你为什么对简·奥斯汀小说的名字记得这么清楚？"我吃惊地问。

她耸了耸肩说道："因为我年轻时读过，年轻时候读过的东西总是记得很深刻，然后因为……你试着猜猜？"

"她是你曾经最爱的作家吗？"我说。

"差不多了。"

"你在学校学过？"

"差远啦！"

"我不知道你了解这么多。"我屈服了，她却更严肃地问我："不对啊，你不是跟我说简·奥斯汀就在这个家里吗？"

听到这个问题，我浑身起了鸡皮疙瘩。"你想说你……年轻时也……"我咕哝着说，因为我不确定她年轻时是否也见过简·奥斯汀，和她说过话，认识她的幽灵。

克劳迪娅接着我的话说："当然！我年轻时在喜欢简·奥斯汀的姨妈家读过她的所有作品！"

"那你也见过她吗？"

"是啊，有她的肖像。要是她现在活着的话，没准她会在各大杂志说她最爱的运动是什么。"她开心地评论着，努力把对话变得幽默些。

"没准。你知道的，在她的时代，她还不怎么有名。她是女人，还是为女孩写作的女作家。"

"啊，但在她的时代谁有名呢？"她疑惑地问我。

"我不知道，那是19世纪初期……"我小心地说，"你要是啥都不知道，还教什么呢！"

"有什么关系吗？我不是文学教授，我是小学老师，我还有别的教学目标……"她说道，结束了小学教育的话题。

"不是有曼佐尼吗？"这个问题更像是我在问自己，而不是在问她。在意大利当然有曼佐尼！当他在写《约婚夫妇》时，我的朋友简·奥斯汀也写了她的时代和她身边的的故事，她通过有趣的对话来讽刺人们的行为举止！

"你说？"克劳迪娅若有所思地问，"他也是那时候的？"

"我觉得是。"我皱着眉。

"啊，这就是我读简·奥斯汀的作品时喜欢她的原因！比起……"她想说一些作为老师不该说的话，不过她立马就不说了，用了一个词，"……权威，总之，你知道的，曼佐尼就是曼佐尼①。"

"首先，曼佐尼是意大利人。我认为，简·奥斯汀根本不认识他。"

"肯定的。"她不假思索地回答，"那么，那个时代英国有谁呢？天哪，没法上网……不行，我得叫个技工来维修一下网络，这么与世隔绝可不好。"

"你的意思是藏书阁里没有英国文学故事吗？"我问她，而她奇怪地看着我。"如果你连这都不知道，还拼命搞什么分类……"

"那我去拿？"

"不，你去拿什么？算了，别着急……不急的，英国文学跑不了的。"

啊，肯定是跑不了的。

---

① 曼佐尼（1785—1873），意大利作家、诗人、剧作家。其代表作是历史小说《约婚夫妇》。——译者注

关于语言

　　午饭后，我涂了一层厚厚的防晒霜，准备去晒太阳。我的身体需要暖和暖和，晒晒皮肤，也是为了回家碰到肖恩时不出丑。我不想像莫尔提西娅·亚当斯①一样，他晒成了金色，还有海的味道。总之，就像克劳迪娅刚才对我说的，我要放放假，所以我最好放松放松。

　　但我刚戴上墨镜闭上眼睛，躺在小床上，我小说中的人物们就聚集起来开始聊天了。

　　"那我们现在做什么？"芙劳拉的妈妈问。

　　"需要等待。"一个男人说，应该是她的丈夫。到目前我还

———————

　　①　此人物是美剧《亚当斯一家》中的角色，剧中的莫尔提西娅·亚当斯妆容煞白。——译者注

没想过他，他却出现了，眼睛盯着从西服背心里掏出的怀表。

"要等多长时间？"西娅激动地问。

"啊，你们看见了，她正在休息呢。"我的小说的女主人公芙劳拉说话时腔调不是很友好，甚至有点过于直白。她接着说，"就是现在，故事才真正开始了。"

"我认为，我们找错了作者。这是个新手，而且主要是她没有兴趣。她很快就累了，她没有方法……"芙劳拉的妈妈说。

"缺少自律。"丈夫补充道。

"我可以打断一下吗……"汉密尔顿大人还是那张呆板的脸，试探地说，"她连个简要提纲都没有写出来。"

所有人都嘲笑："哈哈！"

"没错，她连个提纲都没写出来！"芙劳拉愤怒地说，"那我该做什么？接下来我身上会发生什么事情？"

"也许您会嫁给我。"汉密尔顿开心地笑着暗示。

"您别开玩笑了！"她生气地说，"这是什么破故事啊？我去参加宴会，看见了那个奴隶小伙，我深受触动，之后又遇到了您，可我对您一点也不感兴趣，却要嫁给您。这是什么乱七八糟的？"

"怎么能说乱七八糟呢，亲爱的？"她妈妈打断道，"现实中经常发生这样的事情，这么不合逻辑是很正常的。"

"可现在我们是在小说里，天啊！"芙劳拉喊道。

其他人害怕地看着她。

"你怎么敢？"她妈妈喊道，而她爸爸抬起手，像是要打她。

幸好，这时那个年轻的奴隶小伙发言了："这是怎么了？"

"没什么，我们在等女作家继续创作呢。"芙劳拉忧郁地回答。

于是，他也开始抱怨："不行啊，为什么我在那边都等了好几章了还不知道我该干什么。然后呢？决定了吗？"

汉密尔顿大人卖弄地解释道："我觉得还没有，作者连个提纲都没准备呢。"

"提纲是什么？"小伙皱着眉头问。

在别人回答之前，莱斯特舅舅出现了："听着，亲爱的萧，提纲就是一部可长可短的作品要谈到的话题目录。就是一个故事从头到尾的整体安排。"

"我觉得这个作者一点都不知道该怎么收尾。"芙劳拉失望地说。

"前提是知道怎么继续写……"她妈妈责备地暗示。

她丈夫嘟哝地插话道："不过，我对你们说过，最好相信严肃的、上年纪的、有阅历的人。年轻女孩既没耐心也没时间，很快就会分心，坚持不了几个月……"

"几个月！夸张了。"妻子反驳道，"这个故事挺简单的，就是讲一个要嫁人的姑娘，结束。"

"怎么会是个简单的故事呢？她凭什么必须嫁人！"芙劳拉

抗议道，"这应该是个冒险的故事，也就是说我想要去冒险！"

"我也是！"西娅高兴地拍手惊呼。

"女士，您克制一下自己。"汉密尔顿责备她说，"少量的冒险当然是可以的，但你们想要的是更刺激、更不成体统的东西吧。"

"我一点也听不懂，你们说的东西太离谱了。"萧说，"现在我才知道我叫萧，这算是什么名字呀！"

"对了，没人提过你的名字，因为这个懒惰的新手还没写那么多。例如，我叫温迪，我的丈夫叫查理，我们的姓氏是塔克。"

"对不起，妈妈，谁在乎呢？"芙劳拉说，"为了写故事，这个是我的故事，知道这些名字有什么意义吗？"

大家又困惑地看着她。我知道芙劳拉的说法有点夸张，也许是她已经超前几个世纪了。她面带威胁地走向我，朝我俯身，低声对我说："你明白了吧？对，我的行为举止都是你的错，我说话像车夫一样粗鲁！那你愿意回来继续写作了吗？"

更过分的是，她妹妹还帮她的忙，用一根稻草扎我的脚趾。啊！我满头大汗，气喘吁吁地惊醒了，一下子坐了起来。只看到一只马蜂飞走了，脚趾生疼。

"救命啊！"我害怕地喊道。

克劳迪娅从房子里飞奔了过来。"怎么了？"她转动着双眼看着我。

"蜂！蜇了我！疼死啦！"我抬着脚尖叫。

"什么蜂？一定是马蜂。"她纠正我，带着往日老师般在没那么正式的场合训人的狂躁。

"马蜂或蜜蜂，刺疼我了！脚上！好疼！"我绝望地抱怨。

"淡定点，我去拿消炎药水。"她干干地对我说，"不过，就为这种小事，你吓了我一跳。我还以为有人攻击你了。"

其实我想说我被围攻了。是七个，而且都气冲冲的。

"我也进去吧。"我解释说，"这太热了，我最好回藏书阁去。"

"对了，我找到小梯子了。"她从容地说。

我正从小床上起来，又重重地坐下了，像鱼一样呼吸困难。我费力地嘟哝："你……找到……什么了？"

"小梯子，爬到书架高处的梯子。"她着急地回答我，然后继续审问我道，"你怎么了，米娅？发生了什么？你还好吗？"

不怎么好。

因为还有那个她呢。我指的是简·奥斯汀。

她像老鹰一样蹲在窗台上等着我。女人做这个姿势很奇怪！和我来往的人都养成了什么坏习惯。不管怎么说，她斜靠在那里，透过窗户的光勾勒出她的轮廓：她头戴帽子，前额上有鬈发，就像一位荷兰画家的一幅画，我记不得他的名字了，似乎我也陷入十分流行的失忆游戏中了。就像那幅画中的女人，简·奥斯汀正专心地阅读。当我靠近她时，她困惑地看着我。

"如果你允许的话，我想问你几个问题。"她直截了当地对我说，像是我从没离开过这里一样。

"请问。"

"有一些表达我不懂。'四挡启动'是什么意思？"

"对啊。"我说，我心里又回荡起来这个说法：对啊，这是什么意思？我认为属于开车挂挡的术语，现在我怎么解释呢？只好搪塞说，"不过是种说法而已。"

"毫无疑问，但我认为在小说里最好别用什么说法。怎么说呢，不是微不足道，就是相当庸俗。我还以为你说的是一个营的第四队列呢？"

"差不多。"

"你似乎有点不满。我希望你不要因为我让你看到了自己的幼稚而生气。自由地写作并不意味着不受约束，你懂吗？"

"但愿吧。"

"语言要与现实相符，但也是有限制的。在一定程度上看得出来你懂，因为你努力地不重复词句。"

谢谢，特隆贝蒂老师，我心里想。"不过，这种对语言的关注也可以在写完之后再做，您不觉得吗？"我试着辩解，"也许得首先写下头脑中的所有想法吧，否则，就有可能卡在一个词上无法前进，故事也因此写不下去了。"

"有这种可能。"她同意。

"您知道有一位女作家说过什么吗？"我对她说，努力缓解过于学术化的讨论造成的沉重气氛，"当您写作的时候，想不出合适的词时就留下一个空，之后再填补。当您再读一遍的时候，那个词就自动跳出来了。"

简·奥斯汀明朗了起来："啊，很好的建议！我也可以用这种办法，这个女作家是谁？"

"您不认识她，她没什么名气。"我不能说她是在简·奥斯汀去世一百多年后出生的。

"我也没什么名气。"

不，呃，等等，一两个世纪后，图书馆、大学、广场会以你的名字命名，也会建造雕塑向你表示敬意。要是我对她说这个呢？

"不，我向您保证，您很有名，有很多……"我没说，我说不出来：广场和道路，大量传记，维基百科上的大量介绍都是跟您有关的。我的脸好像冻僵了。

"你真好，米娅，但我们俩都知道我无法与沃尔特·司各特先生①或托马斯·德·昆西②相提并论。"

---

① 沃尔特·司各特（1771—1832），英国诗人和小说家。代表作有《修墓老人》《罗伯·罗伊》。——译者注

② 托马斯·德·昆西（1785—1859），英国著名散文家和批评家。代表作有《一个吸食鸦片者的自白》。——译者注

这些人是谁？我半僵住地想。我怀疑未来扼住了我命运的喉咙。

不过，未来阻止不了我蘸墨在白纸上用更加工整美观的字体书写小说的第六章。

第六章　发现萧

芙劳拉和妈妈去莱斯特舅舅家的那一天，天气很好。婚礼之后，他们快一个月没见过面了。舅舅家发生了许多变化，首先是卡特琳不在这儿住了，家里很快就做了些简单的调整。塔克夫人和女儿们曾被邀请来参观家里的变化，其中一部分装饰还是舅妈出的主意。

但最大的惊喜是，开门迎客并向房子主人通报的人是他：舅舅在婚礼上向客人们展示的那个奴隶！芙劳拉感到十分不安，她张大了嘴却说不出一句话。男孩穿着仆人的制服，低头和她打招呼，然后，在低声说了迎客的客套话并把她们带到客厅后，就退下去叫主人了。

"可是……你看到了吗？"她妈妈转动着眼睛评论道。

芙劳拉没说话，她说不出话来，只得点头同意。

"不过，他好像换了一个人。"西娅评论道，她看到小伙子穿着新制服并不觉得惊讶。

"真的。"妈妈用力地点头感叹道，"行为举止得体，你们看到了吗？我觉得他是个完美的仆人。你们看见他走得多笔直，举止多得体了吗？制服在他身上太完美了。"

妈妈注意到了细节。

这些细节让可怜的芙劳拉大吃一惊，她为了不因吃惊而倒地，一屁股坐在了沙发上。婚礼那天晚上，她对这个小伙儿十分同情，她还想保护他不受粗俗、不恰当的言论攻击。而此时的他站在门口，又高大又庄重，眼睛黑亮，睫毛长得几乎能盖住他那傲慢的眼神。他头发剪得很短，向后梳着，露出了额头和高贵的脸部轮廓，嘴唇柔软，耳朵很小很精致。仆人的制服在他身上并不难看，反而像是为他量身定制的，突显出他肌肉结实的宽肩、细腰和长腿。芙劳拉在进入客厅这么短的距离就记住了这些细节，可见眼神从没离开过这个男孩。实际上，这个男孩在鞠躬离开屋子前，眼神直勾勾、敏锐地看了她一眼，她几乎要晕过去了。至少她是这么感觉的。她头晕目眩，难以克制自己。男孩再次出现在了客厅里，在他身后的舅妈轻声地说："欢迎光临！你们怎么样，孩子们？"

还好舅妈让仆人出去了："萧，让我们单独待会儿吧。"

他稍稍鞠躬后转身走了，否则芙劳拉就只顾着盯着他看了。确实，他浑身散发的光芒吸引着她，让她只能目不转睛地盯着他。

"我看得出你们喜欢萧。"舅妈用顽皮的口气说，"你们看到变化多大了吧？"

"亲爱的，难以置信。不像是同一个人了。"妈妈借用西娅的话评论道。

"真的吗？这都是我丈夫的功劳。他花了整整一个月的时间，教他学习我们的语言和行为举止，他绝不允许一个年轻的野孩子进入卡特琳的家……诺森伯兰的城堡，你们知道……"她娇情地流露出喜悦之情，让塔克夫人不得不坚定地附和着："嗯，是，当然……"

"这需要一定的准备工作，莱斯特已经在努力教育这个男孩了。不过，亲爱的温迪，其实这样做也挺有意思的，你知道吗？"

"有意思？"

舅妈开始笑起来："当然！你知道你哥哥怎么做吗？他坚持使用法国医生的方法！"

"还有这事！"妈妈不安地问，"这和医学有什么关系？"

"这个医生写了一本有关教育野孩子的书，而这个野孩子是在法国森林里的某个地方发现的，当时他正在极端的原始条件下生活……"

"不！"塔克夫人的头往后缩了缩，脸好像快要埋进双下巴的赘肉里了。

她担心地看了一眼正饶有兴致地听她们谈话的两个女儿，这件事跟所有来自法国这个自由与革命之乡的故事一样，让人感到不舒服。

"对了，我跟你说，他执意要用最好的方式教育男孩，使他成为完美的服务生，也许将来会成为大总管。他看起来是个聪明的孩子，学得又好又快。你看到他一个月进步了多少吧？"

"我看到了。"芙劳拉小声插嘴道，而且还很乐意再补充说：他很帅，很有礼貌，我看他一眼就心跳加速，他还知道掩饰自己的情感。你们谁也没发现他看了我一眼，而那一眼胜过千言万语！

"我看到了。"妈妈皱着眉头说，"不过，把他派到卡特琳的城堡里去，我不是那么放心。"

"为什么？这是莱斯特的礼物，你不记得了吗？"

"也许有点早，你不觉得吗？鞠躬，开门，打招呼很容易学……但让年轻美丽的女孩和野人待在一起……"

"你说什么呢，亲爱的温迪？"嫂子生气地打断了她。

"妈妈！"芙劳拉也插了一嘴，她害怕男孩很快就被送到遥远的城堡去和她多情的表姐一起过日子。

"我知道我在说什么，我觉得你们低估了问题，而且你们深受法国风气的影响。"她爆发了，"我们大家都看到了法国的情况！"

"有什么关系呢，温迪？你哥哥会安排好一切的。说到诺森伯兰，你不要忘了，我女婿可是一位有权有势，同时运动天赋极佳的人。"

"这和运动有什么关系呢？"芙劳拉天真地问。

"因为女婿运动天赋极佳，这就是我要说的。"舅妈评判道，芙劳拉不明白这些与话题无关的内容。

"肖恩……"芙劳拉开始说，仅仅是提到这个名字，她就声音颤抖，"这是他的名字吗？"

舅妈笑她。"不是肖恩，是萧。大家不是看到他就惊呼吗？多么吸引眼球啊！但是真正吸引人的是把他从野人变成文明的、有教养的、让人尊敬的人。"

"那是自然。"妈妈附和着，手指尖敲打着扶手发出滴答声。她其实不愿意谈论这个话题。而她的女儿似乎很着迷。她的嫂子怎么就没意识到谈论这个话题真的不合适呢？哪能对西娅这些十分易受影响的敏感的女孩子们这么说话呢！"亲爱的莫莉，我们看看你家做的新调整吧！"她不害怕嫂子生气地说道。

"我迫不及待地想都展示给你，温迪，但首先我想给你们端茶来。"

"啊，当然，茶。"妈妈说。当她看到一个托着瓷托盘的女仆人走进来，后面还跟着一个举着装满甜点的银托盘的女仆人时，可以想象她如释重负的样子。不过，可以想象得到芙劳拉的失望，她一直焦虑地看着门口，希望萧出现。然而，过了一会儿，出现的是莱斯特舅舅，和他妹妹打招呼时就像刚做成什么宏图伟业回来的英雄一样。

温迪希望他哥哥带来的新话题能让聊天变得有意思些，她先鼓舞着问："亲爱的莱斯特，买卖做得怎么样？"

"很好，亲爱的，很好。你觉得我的学生怎么样？"

"哪个学生？"妈妈假装不懂。

他有点趾高气扬地喊道："野孩子啊，我的萧！"

"啊，那个……"妈妈嘟囔道。

"好极了，舅舅！"芙劳拉眼睛炯炯有神，流露出她的爱慕之情。

"难以想象，舅舅！"西娅附和着，钦佩她舅舅把那个在众人面前害怕得说不出话来的人改造成了有礼貌的仆人。

"看到了吧，孩子们？仅仅一个月！"他伸出食指，好像在强调此事的奇迹性。"这表明教育有巨大的作用，我们的文明是优越的。你们听到他怎么说话了吗？"

"嗯，我们已经听到了。"妈妈简短地说。

"没有，我们没听到。"芙劳拉说道。

"听到一点儿。"西娅诚实地说。

"那我得让你们见识一下……否则我为什么会叫他萧呢？"舅舅十分开心地说着，按了一下铃，叫女仆人立刻把那个男孩叫来。

男孩还没进到大厅，芙劳拉就感到心跳加速了。他这次不像是普通的、被无视的仆人那样走进来：他庄重地走过来，好像从大厅里走进来的是帅气的王子，眼睛明亮，他的微笑照耀着整个房间。

"先生？"他鞠躬问舅舅，但好像是他屈尊在听自傲的老人说话，而不是舅舅在对他下命令。芙劳拉当时根本听不见舅舅对萧讲的那些荒谬的话。她坐在萧的对面，已经沉浸于男孩的声音之中，实际上，她已经对他非常仰慕了。而且从他在优雅地点了点头离去时对自己一闪而过的目光，她知道他已经读懂了自己。

"我的萧表现很棒，对吧？"

"我不知道你为什么还把他称作'我的'。"芙劳拉终于呼喊道，"我想说，你给了他自由，没错吧？"

"啊，我的外甥女开始挑刺了！"他开玩笑地说，"我称他为'我的'是因为他是我的杰作！"

"你不觉得过分吗？"妈妈生气地说，"你把自己当作他永远的父亲吗？"

"我在开玩笑，亲爱的温迪，你们家怎么个个都这么敏感！"他反驳，不过他太高兴了所以没生气，"我叫他学生好吗？"

"学生？这就意味着舅舅你是奴隶或大总管！"芙劳拉抨击道。她试着用轻缓而讽刺的语气说话，而且这样说也确实奏效了。

"没礼貌！"她的母亲立刻责备道，"你舅舅的功劳和他付出的巨大努力是毋庸置疑的。"

"我给他自由工作、获得工资的机会，而不是让他像跟他一样的年轻人饿死。"他立刻摆起架子，他妻子立刻赞扬他："在十分受人尊敬的家庭挣工资，地位也不错。你们不觉得这才是伟大的人类文明理念的体现吗？"

"我们很感动，很开心。"妈妈急忙用芙劳拉喜欢使用的冷淡的客套话说道。这一次，母女的态度一样。

坦白说，此刻的芙劳拉根本就不想参观舅舅刚刚更新了家具和装饰的豪宅，但她还是顺从了。希望或许能在走廊，或在小客厅再次看见萧，但现在表演结束了。

合理的疑惑

以前没有网络的时候，人们是怎么知晓天下事的？

我反复想，芙劳拉怎么会知道启发舅舅的法国医生是谁？对我们来说很简单：你只须输入"野孩子"，然后，"啪"就出现了：1797年，让·玛丽·伊塔德[1]照顾在森林里发现的一个小孩，并写了一篇关于野孩子的论文。还拍了电影、写了小说。这引起了人们对自然和文明关系的关注！野人在大自然中生活得很快乐，这根本不是真的：男孩之前的生存状况确实不好，这就是我的小说中莱斯特舅舅要把奴隶变为体面人的原因。不过，只是一定程度的体面：他还得是仆人的角色，总之还是得强调身份差距，它始终存在，不会消失。

―――――――

[1] 让·马克·加斯帕德·伊塔德（1774—1838），19世纪上半期法国著名的医学家及特殊教育专家。收养"狼孩"的专家本人。——译者注

不过，我来到了镇上，又连上了网。都是因为我小说中的人物们束缚住了我，天哪！他们开始谈论些我不知道的事情。我写作的时候不是简·奥斯汀在给我出谋划策吗？说实话，我并没有听到过她在我耳边低声细语，但既然她是幽灵，那她可能有其他干扰我写作的方法吧。

天哪，我要疯了！

而且写作就好像是在发神经：连续几个小时静思冥想，跟想象中的人物对话，构建出一幅幅场景，仿佛在自己的脑海里放电影。总之，快要把自己逼疯了。好在这是我自愿的，甚至还是十分乐意做的事情！

现在我想停下来，可我还想看看故事会如何继续发展，怎样收尾。因为我目前还不知道接下来会发生什么，虽然教过我的老师和作家们都反复说过需要写作提纲——有人称它为目录，有人用人体解剖结构术语称其为框架结构，还有人用建筑学比喻其为建筑设计。但和所有不够谨慎的新手一样，我在未知故事如何发展的情况下，就已经开始提笔书写了！

此外，我对自己讲述的故事所处的历史时期不甚了解。像杜宾犬①一样的奥斯汀在房间里闲逛，然后坐下来，盯着一个不知

①　杜宾犬是一种十分凶猛的犬种，主要担当军警工作。经过训练后，可成为搜索犬、狩猎犬和牧羊犬。性格活泼、警惕、坚定、机敏，勇敢而顺从，胆大而坚决，好撕咬，具有一定的攻击性。——译者注

为何物的焦点，继而开始阅读我的文字，甚至还重复着那些她看不懂的现代句子（并让我努力用古体风格写作！）。但很显然，我别无选择！我要写的是一个有年代感的故事，要用那个年代的语气，还得加上我自己的东西，加上简·奥斯汀不知道也讲不出来的故事。比如，描述一个剥削他人的富人和贫困潦倒的穷人共存的美好社会。这些人都是种族主义者，甚至种族主义已经成为一种公认的价值观念。他们十分愚昧，对基础学科一无所知，更别说了解或精通了，他们只会通过闲聊来打发时间。

不过，不过……我们能保证简·奥斯汀真的不知道吗？这个伊塔德是从哪儿冒出来的？我发誓，我都没听过这个名字。事实证明，我今天来镇上这事让克劳迪娅很烦躁。说白了，她今天一点儿也不想出门。因为她本打算洗个热水澡（尽管天那么热）好去层皮，为晚上的活动做充分准备，因为农学家诗人晚上要带她到一个"他认识的小地方"吃晚餐。很明显，这次活动我被排除在外了，这次是"典型的有礁石美景的烛光晚餐"，离这儿至少五十公里吧。这种事真让人难以理解，但又是老年人喜欢为"营造某种氛围"而做的事情之一，其实这种做法确实有用但又没那么有用：只要调暗点灯光就行了，即使灯火通明也无妨，需要的是对的人和一个好沙发。

米娅，不要跑题！我这样阻止自己。因为沙发和跑题这两个词之间只差一个辅音①，那个辅音可能会让我放弃一切，搭上一辆大巴车，不顾一切地去找我的肖恩……但他在哪儿？在海上吗？我怎么去？游着去吗？看见了吧，米娅，你想他想疯了吧？所以，回到现实，回到我这本写了奇人逸事、显得怪异的小说上来吧。我知道这是重点，再重复一遍，文献资料是重点（我以在图书馆定期举办的作家见面会上听到的女作家的语气对自己说）。

如果对19世纪的事情一无所知，怎么写发生在19世纪的故事呢？而且就算是发生在19世纪，也要好好了解一下具体哪个时期？哪个国家？为什么恰恰19世纪上半叶在我们这儿有曼佐尼，在英国有沃尔特·司各特先生呢（我疯狂地上网查他）？司各特先生写了一些能让人们疯狂的历史灾难……其实都说不上是人们，因为当时的读者少之又少——只有一些富人，很少有非殷实人家的。开玩笑地说，就连权威作家（克劳迪娅这么定义的）曼佐尼也只有"四五个读者"……人数少到难以让出版社、书店和作者维持生计。无论如何，在英国还有简·奥斯汀，但她是个例外，她和许多用日记本写诗或故事的女孩们一样，一开始写作只是为了消遣，并没有影响力。她与那些除了在家里（但有时在家里也没有）、在任何领域都没有太大价值的女人差不多。

---

① 此处系作者的文字游戏。意大利语中沙发divano与跑题divago只差一个辅音。——译者注

总之，我不知道我是否愿意生活在那样的时代——有漂亮的衣服，伟大的诗歌。不过，我更喜欢生活在这个女性智慧能得到认可的时代。天哪，不过还不能确定我比浮夸自大的男作家更优秀……我知道这还有待证实。种族主义这个话题是老生常谈了：很可怕，我们都不能接受，不过，在私底下……

当人们试图把自己的思维方式当作绝对标准时，就出现了各色各样的种族主义。简·奥斯汀也是这么认为的，她思想上严格按照自己的标准控制自我和批判社会，情感上却受到想象与冲动的影响难以稳定，只能努力求得理性与感性之间的平衡。

在她的时代，有一部分人是超前的。

"米娅，你弄完了吗？我们回家吧，要不然我就来不及了！"克劳迪娅像一只鹦鹉一样在我肩膀上露出头来催促我。我立马关闭了搜索页面。这时，我在微信聊天上给珍妮发了许多小心心和笑脸，和她告别。而肖恩，我联系不上。很明显，他在海上，或在某个岛上，但愿他不要被美人鱼包围，偏偏那里最不缺的就是美人鱼！

第七章 芙劳拉做出了决定

回到家，芙劳拉好像丢了魂。她心不在焉，弄掉了刺绣，不回答别人的问题，看书集中不了精神，晚饭也吃得很少，这让她妈妈担心她是不是生病了。

"你今天没感冒吧？你想穿薄衬衫，但舅舅家里冷，尤其是他家刚装修过的房间里，也没点着大瓷壁炉。就算现在没有客人，家里也还是暖和温馨才舒适，你们不这么觉得吗？"

西娅乐意谈论舅舅家的房子，她高兴地回答："我不知道，我没觉得多冷，妈妈。卡特琳的房间变成了一个多好看的小客厅啊！我也想要带彩色窗帘和绣花沙发的小客厅，你看到游戏桌了吗？是意大利制造的！"

妈妈嘴角向下撇，含糊地表示不屑："你舅妈和舅舅对外国货很着迷：法国货、意大利货，还有一堆没用的玩意儿：非洲面具、尖象牙、豹皮和印度花瓶……就像杂货店……你不觉得吗，芙劳拉？芙劳拉？"

"怎么了？"她眨了眨眼，觉得有人在叫她。

"我们说你舅舅家的外国家具呢，你觉得怎么样？"妈妈有点不满地重复。

"挺好的。"她心不在焉地评论道。

"怎么可能挺好的？你可是有一定的艺术品位的，我教过你如何挑选的。你可别跟我说你喜欢不值钱的小摆设！"

"很新颖啊。"芙劳拉还是迷迷糊糊地说，这让她妈妈感到被挑衅了。

"你这样说是故意和我作对，我知道这不是你的品位。"妈妈生气地说。

芙劳拉又振作起来了。"这就是我的品位。我觉得舅舅的家很美，家里面有吸引人的惊喜。"

"但你看！现在他家变成了珍奇博物馆！"妈妈讽刺地喊道，"什么东西让你这么着迷？"

西娅马上说："除了小客厅，我还喜欢壁炉上装有彩石的瓷象。舅妈说在圣诞节送我一个呢。"

"什么？那个玩意儿！我绝不会让它进我们家！"妈妈激动地说。

西娅开始抱怨地反对："为什么？我要把它放到我房间的屉柜上，这碍着你的事了吗？"

这时，爸爸觉得有必要参与进来了："现在不要说这些傻话了，我请你们都控制一下自己，你们的模样就像在集市里吵架的泼妇一样。"

孩子们低下头来看着盘子。芙劳拉很高兴又能自我封闭起来了，好似轻轻浮在空中般如释重负。晚饭在沉默声中结束了，爸爸刚走开去书房抽烟，妈妈就走近芙劳拉："你确定你还好吗？"

"嗯。"她回答，然后纠正说，"我只是头疼。"

"啊，我就说嘛。我去给你沏点热茶。"

芙劳拉虚弱地说："不用了，我要上床休息了。"

她妈妈把一只手放到了她额头上，说："不对，你没发烧，不过，眼睛明亮，脸红……你最好上床睡觉吧。"

但芙劳拉一进屋，就不想睡觉了。她坐在燃烧着的壁炉前盯着火焰，这让她想起了下午萧出现在门口那令人激动的情景。他灿烂的笑容，敏锐的目光，又高又有型的身材，他简单的点头动作，热情的目光，这一切都浮现在她脑海中。但真的是这样吗？没搞错吗？不会是愚蠢的幻想吧？

啊，她多想从这间令人窒息的房间中，从这个她感觉是牢狱的家里飞走啊，飞到他那儿去，问他自己理解得是否正确，那些眼神是不是表示对她欣赏和感兴趣。她多希望可以和他自由地交流，就像跟她身边的其他年轻男人那样，更好地了解他。但他是普通的仆人，还是外国人，而且还要为自傲的卡特琳表姐服务，她肯定会在朋友面前把他当作怪胎一样显摆。

一想到这儿，芙劳拉十分生气地站了起来。啊，不行！她无法忍受如此善良和骄傲的萧在都是冷漠粗鲁的人的地方表演。她得做点什么！她得劝舅舅不要把萧派到城堡去，她得有充足的理由反驳他，她得为那个可怜的小伙子战斗……可怜吗？芙劳拉又坐在了沙发上，好像在房间里来回溜达了这么一会儿就累了。可怜吗？这个词不适合对伟大的萧说，他善良又勇敢。

对，也许芙劳拉找到了能和莱斯特舅舅谈话的关键：莱斯特舅舅认为在他的外甥女甚至女儿这些女孩中，她是最聪颖的。当然，他承认她们很漂亮，但他也毫无顾忌地说过她们多么无知而且没有一点才智。

芙劳拉激动了一夜，思考要怎么说，她起初想象着自己非常坚定地到舅舅家，哪怕只是匆匆地再看一眼那个年轻的仆人。他令她不能入睡，这使她的胃翻江倒海，还不断地打寒战，就像真的发烧了一样。她一会儿冷一会儿热，在床上翻来覆去，像是躺在炙热的炭火盆上一样，差不多到黎明才累得睡着了。她梦到自己浸在温水池中，感到全身都十分舒适。她睁开眼睛发现池子里没有水，而是有人在抱着她抚摸她，他的手臂黝黑，又有肌肉，她躺在男人的臂膀中，却不感到害羞。相反，她感到很安全，感受到了保护和爱。

她开心地醒来，发现天气很好：好像天气也站在她这一边。

她下楼吃早饭时，告诉她妈妈新长了碎头发，得到镇上去买皮筋，还得为她要画的画买颜料。妈妈见她身体无碍，心情不错，就让米利亚姆夫人陪她去，这样正好到镇上买点东西。

芙劳拉匆匆地办完了事，毫不费力地就说服了女管家，到舅妈家打个招呼。米利亚姆很高兴到莱斯特家逗留会儿，还期待着能喝杯好茶，吃点儿点心呢。

这次，来开门的不是萧，而是女主人不在家时负责所有家务的大管家。但舅舅在家，她们被带到客厅，舅舅十分满意地走到了她跟前。

"我亲爱的芙劳拉！你这么快就又来了，很好！"他开始说。

"我碰巧路过这里，舅舅。不过，我确实想跟你谈谈。"她直截了当地说。

"啊，我聪明的外甥女！会跟我说什么呢？"他饶有意味地说道。

与此同时，女仆人急忙端来了满满一托盘食物，像是一顿简餐，女管家在一旁满意地看着。

芙劳拉起了身，舅舅也跟着起了身。"你看，舅舅……"她走开几步后才开始说，为的是不让米利亚姆听见。"我来这儿是为了和你谈谈你的实验……"

"我的实验？"舅舅一时没反应过来，但随即明白了芙劳拉，"啊，当然，亲爱的！你自己来看，我确实在努力……我们出去一下，米利亚姆……"

"去吧。"米利亚姆嘟囔着，她嘴里塞满了食物。

"我们很快回来。"芙劳拉安慰她，和舅舅离开了客厅。

舅舅带着她上到了二楼，打开了门，请她进来："请，芙劳拉。"

她一看到年轻的男仆人坐在写字台前就跳了起来，而他看见她出现在门口就站了起来。他没穿仆人的制服，而是穿着简单的白衬衫和浅色裤子。芙劳拉脸红了，像是碰见他在房间里穿着睡衣一样吃惊。

"上午好，小姐。"他盯着她看了一会儿后，低头向她打了招呼。

她含糊不清地应了一声，喉咙好像被什么东西卡住了，说不出别的话。

"看见了吧，亲爱的？我们在这儿学习，昨天你责备我没有和我的学生一起学习，"舅舅立马吹嘘道，"萧还得学很多东西，每天上午我们都一起这样干几个小时。"

当舅舅说话时，他背后的萧热情又直接地看着芙劳拉，她感觉到了，但没有大方地回应。她得看着舅舅，但又忍不住偷偷瞥了几眼仆人，还好，没有引起舅舅的怀疑。

装若无其事很难，因为芙劳拉很想自由地看他，盯着他的脸和眼睛看。今天，她觉得他更帅更可爱了。没穿着死板的制服，他解放了的身体好像在颤动，那种颤动就像无声的钟一样，直接影响到了她的胃和腹部。

芙劳拉鼓起勇气直接问他："您……在学什么？"

"主要是你们的语言。"他正确地用英语回答，"然后还有数学和地理。"

"他还得学算账，"舅舅大呼，"要是他想成为大总管的话。"

"还有认识世界，如果莱斯特先生决定带我出行。"他微笑着补充。

芙劳拉眼睛低垂，一只手放在胸前。一看到他的笑容，她的心就剧烈地跳动。她要占得主动权，不能再结巴地说话，更不能因为无意识的兴奋在他面前晕倒，她为自己鼓气。说实话，他显得根本不需要什么支持，而她却想要支撑，有力的支撑。

"你有这种想法吗，舅舅？"芙劳拉问，希望快速的心跳能减缓。

"不一定，还不知道呢。"他生硬地回答，"学习基础的历史和地理对我们的萧没有坏处，这也可以帮助他了解自己身处哪片幸运土地。"

"舅舅，你知道吗，你震惊到我了。"最后，芙劳拉振作精神说。

"我看出来了，你对我所做的无话可说，就是希望我做得越多越好。"

"我来就是想看你有没有对你的学生尽到老师的责任。"她越来越坚定地继续说，她还有勇气对着一直不害怕直视她的男孩微笑，"就是因为昨天你说萧先生在尝试快速学习，我认为他能做更多的事情，而不仅仅是仆人。"

舅舅大声地笑了起来："萧，你还有一位辩护律师呢！"

"不是辩护的问题，舅舅，"芙劳拉生气地皱眉，"是您说的学生和老师，法国医生和文明。这些概念就是为了把萧先生当作仆人送到诺森伯兰吗？"

"公爵与王室有亲属关系，这个男孩也会达到他们要求的水平。"舅舅辩护般地抱怨道。

　　"那送一个外国牲畜去也一样，没必要学习，适应不同风俗，说流利的英语和算账。"芙劳拉更坚定地反驳道，"得不偿失啊，舅舅。"

　　"嗯，我也知道莎士比亚。"舅舅的一只手在空中挥动。

　　"您呢，萧，您知道他是谁吗？"芙劳拉温柔地转问他。

　　"不知道，小姐。"

　　"您让我舅舅给您读点文学作品，既然您学我们的语言，至少也得学点语言的美啊。"

　　"那我将万分荣幸。我已经开始欣赏它的美了。"他盯着她说，他的目光再一次让她窒息。要是再在房间里多待一会儿，她的心就要蹦出来了。于是，芙劳拉点头表示同意后就转过了身子，说："不好意思，我该走了。"

　　她快速从房间走出来，像在里面点了一把火，担心烧到自己。舅舅陪她到了大厅，看到芙劳拉着急要走，他有点吃惊。

　　"对不起，舅舅，这次拜访没提前通知你，我不想让我妈妈担心。"她解释道，现在她又能控制住自己了。

　　"替我向她问好。"在芙劳拉走之前，舅舅总结道，"感谢关心，芙劳拉。不瞒你说，你说的话我之前也想过，但我已经许诺过了……"

芙劳拉叹了口气，遗憾地想，承诺了就要履行。尤其是当承诺者是一位虚荣的父亲时，此事恐怕难以改变。

第八章　诗人的话成真

之后，芙劳拉就一会儿心情不好，一会儿又开心到起飞。

再想到萧，她感觉身体都软绵绵的，双腿发抖，说不出话。她自问是否有点过于煞费苦心地自我表现了，脸还红了，声音也哽咽了，最后还像个小老师一样建议他读莎士比亚的作品。

真傲慢！萧一定认为她是个无聊、虚荣且愚笨的女孩，总是炫耀自己的文学素养和学识，实际上心智并不成熟。他来自遥远的地方，见过了大半个世界，甚至饱受过世间的穷困凶险。而她则从未离开过自己生活的小镇，不过是偶尔进进城，去温泉区度度假，而且大多时候是去找熟人。

因此，她有什么资格说这些！他看了她很长时间也没什么奇怪的——也许不是欣赏她，而是对她的傲慢感到吃惊。就像舅舅说的，她临时充当他的律师和顾问，却什么也不懂，所知道的那点东西基本都是从书本上学来的，或者是从没有直接经验的人那儿学来的二手货：这就是她在最精彩的表演者面前所呈现的表演，而最精彩的表演者，也就是萧，不需要这种愚蠢的谈话。

一想到这儿，芙劳拉更绝望了。她亲手毁了自己！她那天早晨突然出现，像指点小孩一样指点萧该做什么，她很讨厌自己这样。何况结果还没达到她的目的，因为一切都是舅舅许诺过的。怎样阻止萧去诺森伯兰呢？想到这里，芙劳拉就设想要去舅舅家，到那天上午见到萧的那个房间，告诉他赶紧逃跑，不，应该是帮助他逃跑。然后，过一段时间再到他的藏身之地，而他会在这个藏身之地给她写信……想到这里，芙劳拉就激动起来了，她在客厅坐不住了，好像马上就要实施她的计划，但……舅舅、舅妈呢？奴隶呢？权威人士呢？她是怎么想到要实施一个这样的计划的呢？

没别的办法，她只得在一楼的书房里画画，画乡村风景来转换思维。坦白说，画了无数次，她已经画烦了……她觉得很普通，没有生机，只训练一个女孩为装饰画重复老旧式样，使用惯常的混合搭配，只是展示事实的表面而不训练别的技巧就不会有什么惊人之举：长着常春藤的房子，长着开花的苹果树的花园，长满雏菊的草地。另外，不会熟练运用色彩和光线，一切都很……呆板！

西娅在那儿练习弹钢琴又让她很烦，于是她选择放下手中的画，在家周围散散步。空气使她头脑清晰，也许那摆脱不掉的云会带走她，云不断形成穿着敞开领口的白衬衫男孩的样子，解开的袖口几乎使前臂完全放松。家居服没让他感到不适，他好像跟她已经很亲密了。啊，但愿！她边说边叹气，马上又自责起来了。

"我想什么呢？我还不了解他！我不知道他是谁，就梦想人家在我身边。只说过几句话就一直想他，还错把惊奇的眼神当作爱慕的眼神，甚至还想和一个没房子、没家人、没经济基础的外国人一起私奔……"

芙劳拉清醒了，不再想着制造机会与帅气的萧见面，而且还要把他从脑海里抹掉。显然，她没有什么值得投入、足够忙碌的事情，所以才死盯着这个不可实现的事。

因此，从那以后，她开始合理地安排自己的时间：开始时，她可以向神甫请求教孩子画画，然后她开始学习法语，以期去法国旅游一次，她可以说服父亲带她去，因为多年来父亲都一边承诺，一边不断拖延说要等待更好的时机。

芙劳拉心里满怀期待，平静轻松地度过了一晚，在晚餐后也能看进去书了。

但她一回到自己的房间，穿着睡衣躺到床上，就想起了禁锢在舅舅家的男孩，又甜蜜又痛苦。他穿着开领白衬衫，嘴唇柔软又饱满，迷人的微笑，深邃的眼神使她内心澎湃。她努力不去想这些画面，转移注意力，但她做不到：还有什么值得想的呢？那天的晚餐吗？妈妈和西娅的谈话吗？难道还回去跟着那个脾气古怪的梅里尔医生的妻子学法语吗？她只会为拿破仑的倒台而惋惜。在他庄严又明亮地说"早上好，小姐"和"我开始欣赏它的美"面前……所有这些想象都黯然失色。欣赏美！他这样说的时候眼神多坚定！她没想错，这句话就是对她说的，这是一句赞美的话！

不，够了，够了，芙劳拉！你为什么要折磨自己？她在床上翻来覆去：你不该想他了，否则就疯了，会和罗斯表姐的结局一样，你不记得罗斯表姐了吗？你怎么会不记得可怜的罗斯表姐？她爱一个狡猾的官员爱得痴狂，他向她求爱了，后来却又消失了。她无法平静，最后疯了，长时间眼神呆滞，她说会一直等他……这将是你的下场，芙劳拉。她内心有一个声音严肃地对自己说。

但做梦有什么坏处呢？做梦反而会带来主意，人们都这么说。但梦还不愿来呢。芙劳拉眼睛紧闭，但没睡着，还是继续幻想一个又一个画面，有甜蜜的有痛苦的。直到她看到自己被墙围绕着，像被关在笼子里一样被关在家里。她气喘吁吁地睁开眼睛，掀开了被子，坐了起来。她感到呼吸困难，天花板正在下压。她十分不安地走到窗前，拉开帘子，推开窗户。

冷空气吹打着她，使她变得清醒。天空中皎洁的半轮月亮就像黑色浓密云间的孤帆，而云又像泡沫丰富的巨浪。芙劳拉不顾夜间的寒冷，倚在窗前看着那在浪中时隐时现的孤帆，白色的光洒在了沉睡的乡村上。

"月亮，我想成为描写你的诗人。你就像黑夜的笑容。"

她听到花园附近传来了噪音。她垂下目光想，猫吗？还是老鼠？但她看到的是比猫更大的黑影，那个黑影离开墙面向上去了。为了不出声，她用一只手捂住了嘴。在月光下，萧的笑容就像发光的月亮一样闪耀。

她心跳加速，觉得自己好像在做梦：终于不知不觉地睡着了！

不，冷风和树的沙沙声，还有夜间动物的叫声都是真实的，男孩示意让她下来也是真实的。不，她怎么能出门呢？所有人都听得到，首先米利亚姆就住在隔壁屋！

她摇了摇头，他那是明确地示意：他要上去到她房间里。芙劳拉一想到萧要从大门进来就很激动，她示意他等一下。她快速跑到床前，拽下床单，把床单紧紧卷起来，然后把一头打成结，另一头系到粗粗的窗帘绳上。最后，她走向窗户，他却不在了。他走了？他是不是要从大门进来？她肯定不能大声叫他！

于是，她发出嘶嘶声："嘶嘶……嘶嘶……"

开心的是，她看见墙上又出现了影子：是他，他弯着腰以免被发现。芙劳拉把卷好的床单扔到地上，萧抓住了床单，没费多大力气就爬到了二楼窗台。像是在做游戏，或是童话中的表演——王子爬上被囚禁的长发公主①的塔的场景。在窗台上，萧双臂向上轻轻一撑就跳进了房间。

---

① 长发公主的故事源自格林童话。一位长发姑娘被巫婆诅咒并囚禁在森林的高塔中，唯有放下她的长发，人才能上到高塔。有一次她认识了一位路过的王子，王子天天来与她相聚，不料被巫婆发现，于是巫婆剪了姑娘的长发，并弄瞎了王子双眼。几经波折之后，这对爱侣才终于在异地相逢。——译者注

这时，有人敲门。

"芙劳拉，怎么了？"是米利亚姆困倦的低语。

芙劳拉跑到门边，打开一条缝。"没什么，米利亚姆，我绊了个跟头，我要去……去……"她尴尬地把手放在肚子上，米里亚姆明白了立刻说："啊，好的，晚安。"

"晚安，米利亚姆。"芙劳拉说着，从里面锁上了门，又回到了窗边。萧藏在厚重的窗帘后面，等她把米利亚姆打发走才走了出来。他站在清冷的月光下，身体轮廓就像是黑夜创造出来的神奇生物，他有着夜色的皮肤，却没有黑夜的本质——寒冷与昏暗。他微笑着，眼睛闪烁着，夜间生物获得了生命，自身还散发着光和热。

"芙劳拉！"他张开双臂低声说。

她像是对他非常熟悉，毫不迟疑地抱住了他，动作自然，就像以前拥抱过一样，她整天都梦到抱着他。但在她的幻想中，当然很难想象会有多开心，也想象不到如何忘我地沉浸在怀抱中，吻是多么热情，她从来没有给过别人这样的吻，也没得到过这样的吻，又热情又感人，这个吻长达一夜。月亮的微笑不见了，天空的黑云笼罩着这两个爱人，直到最后一颗星消失在地平线，天空中出现第一缕晨光：爱神之星①。

---

① 启明星的意大利文是Venere，中文是维纳斯，也就是爱神。——译者注

文学还是生活

哦，芙劳拉，你真有福！这儿也是夜晚，西下的月亮也笑了，不过我可是只身一人，写完了这段，我被自己的话所震撼。我出去呼吸呼吸夜间的空气，幻想着外面也有一个弯腰准备拥抱我的萧。

但这里只有蝉和各种昆虫，夜间它们在草丛里发出阵阵叫声，还有回应声，至于鸟拍打翅膀的声音我听不出来，也识别不了。凌晨一点，一楼灯火通明，通过窗子看，房子就像建在草坪上的宇宙飞船，还在发出嗡嗡声（我现在才想起开着的洗碗机）、活塞声（水泵的）、时闪时灭的光（克劳迪娅出门前设定的洗衣机延迟启动的光），还有蒸汽的嘶嘶声……

天哪！水壶！我冲进了厨房，在炉子上烧着的水开了。像往常一样，在冰冷的藏书阁里待了很长时间，我受了凉，所以就泡了杯热茶，但藏书阁不会因此而变暖。不知道它一直是这样，还是因为这是家里最冷的房间，安德里安娜姨姥姥才选择把书放在这里，这样书就不会受到气温变化的影响，也不会因阳光的直射导致封皮褪色。

关于藏书阁。我来这儿一个星期了，全身心投入到小说写作中，连个藏书表都没整理出来。我怎么向还以为我认真给姨姥姥的珍藏图书分类的主人交代呢？先不说这些虫叫声（有必要说一下，夜间这些知了的叫声），克劳迪娅哪有心思整理家里的藏书阁啊。她恋爱了。如果她和农学家诗人进展顺利，也就是发展成真正的男女朋友关系，我想她还是可以接受和理解我的。图书分类会是她考虑的最次要的事！可要是情况变得糟糕，比如发现诗人只是吹牛的，而农学家对她来说太无聊，那对我来说情况也就更糟了！我好像已经能听到她的指责："你给我解释一下，自己关在那里面那么长时间都了干什么？你在里面磨洋工吗？"

不要忘记，克劳迪娅是老师，所以在这个问题上绝对没法讨价还价：分心（也就是浪费时间，磨蹭，没兴趣，逃避现实）和胡乱抄写（老旧的说法是"这不是你本人干的活"，但这种说法在教师当中还颇为流行）。

没有借口，现在分心就是逃避现实：我承认在有幽灵的藏书阁里分心了许多，不过，我有不可辩驳但又不能说的理由（我们在这里引用另外一个形容词，那肯定是"难以置信"），那就是有一个幽灵纠缠着我，而且还总是对我的写作指指点点。确实是这样！

其实我想让安静又友好的简·奥斯汀留在藏书阁。可是，她出现在客厅了，笔直地坐在沙发上，表情很严肃。她像猫一样审视我，用闪烁的目光盯着我，让我感到有点害怕，于是问她："您想喝杯茶吗？"不过，我感到自己有失礼貌，因为我手里端着一杯热腾腾的茶却没先为她考虑。

"不用麻烦了，谢谢。"她礼貌但又严肃地回答。

"我给您端一杯吧，再说，再冲一杯茶也没什么，有一些茶包……"我含糊着说。

但她摇了摇头，说："我知道不费事，虽然我不知道'茶包'这个词指的是什么，但我觉得这个词是你的，也许是大家的奇怪语言，但你在写作时总是用这种词汇让我难受。"

"啊！"我一下子喊道。

我不情愿地在她对面的沙发坐下。这种感觉就像被校长叫到办公室一样难受。我的老师面露痛心之情！我看不出会有什么好事，于是我开始想：这个家里还能让人有点安宁吗！我很想告诉简·奥斯汀现在快凌晨两点了，我想去睡觉，这时她先发制人："我知道你累了，但我还想说几个问题，不然总是悬而未解。"

"当然。"我说着，心里却祈求能听到克劳迪娅的汽车声，她一闯进家，就能把奥斯汀赶回到脏兮兮的书里去了！可是，我听到的是她小声又模糊的指责："首先我想知道你写的小说内容是不是都是你的东西。"

"不是！"我睁大眼睛地喊道。不是因为简·奥斯汀怀疑那不是我的东西，而是因为她也用老师惯用的表达。确实没有办法：我们都是表达方式的受害者！

"我想说，什么……意思？"

我结结巴巴地说了些没用的话，她听得糊里糊涂，还变得更加愤怒了。

"亲爱的米娅，看见了吧，你自己都搞不懂了吧？我们都知道你写的故事是抄袭莎士比亚的……我没弄错吧？"

"确实……"先不管我开口讲话的原因，"我确实要谈论爱情，在那个时代爱情都是偷偷摸摸的，没错吧？女孩不能和未婚夫或男朋友牵着手回家，直接去房间里，做自己喜欢的事，也许连锁上门都不被允许。我没错吧？"她指责我抄袭了莎士比亚，于是我反驳道："嗯，算是借鉴吧？"

"啊，对，顺便说一句。"她用法语说的这句话，就像老师们一样，总是引用外语，最好是现代人不再使用的古代外语。"男孩夜间爬到芙劳拉窗边的场面，是不是抄袭了《罗密欧与朱丽叶》？"

"我们称之为参考……"我还在狡辩。

"差距在于萧是黑人，就像……奥赛罗[1]，威尼斯的黑人。

---

[1] 奥赛罗是威尔第歌剧中的主人公，他是摩尔人，肤色黝黑。——译者注

我说得对吗？"

"啊，对。"我吃惊地说。说实话，我确实没想到。简·奥斯汀不会知道萧的人物原型是我的肖恩，是真人而不是历史人物，奥赛罗是一个精神不太正常且嫉妒心很强的人。

"一方面，我很高兴你是个爱阅读的好孩子。"她称赞地说，但很快又说，"不过，小说不是简单的引用练习和再现已有的故事。这太容易了，你不觉得吗？"

这时，我把权威人士特隆贝蒂老师搬出来，引述她的话："对不起，简小姐，我的一个教授……呃……老师对我说，文学中的借鉴很正常。不对，她是这样说的：从文学中汲取养料。"

"对，很形象。文学给我们提供很多例子，好故事，或好或坏的人物汇聚一堂。文学教会我们故事是如何形成的，用词时如何制造笑点和泪点。然后还得有一些新颖的内容，一些我们自己创作的内容，否则就是一种脑力游戏或胡乱抄写了。"

事实上，我低着头自说自话。其实，我觉得这种夜间洗脑很好，这样我就能学到女作家的谈吐作派，不用再靠按简·奥斯汀的方式打扮求得与她的协调一致，好像跨越两个世纪的差别只是服装问题。我甚至觉得自己比她还聪明，因为我打算讲述跨越种族主义障碍的爱情。事实上，在四个世纪前就已经有人谈论过这个话题，这再次证明了时间的流逝不意味着人会变得更优秀，有时甚至相反，人们会变得更愚昧，因为当人们使用了他人的东西后，还假装是自己的创造……

"好吧。"我笑着说，"如果说模仿一个人就是抄袭，那么模仿多个人就是灵感。"

简·奥斯汀挑起眉毛大笑起来："说得好！真有意思！真棒，米娅。"

什么米娅！我引用的是奥斯卡·王尔德[1]的话，只不过简·奥斯汀不知道他是谁罢了，因为他在她死后二十年才出生！我低下头，对自己三脚猫的骗术感到羞愧。我开始明白做坏学生的滋味了，我之前一直自认为是个不错的学生。

简·奥斯汀又皱起了眉头。"你看，米娅，你之前和我说过你想讲与你交往的英国绅士，我支持你。但我觉得你不该着急下结论，事实上，这段与《罗密欧与朱丽叶》类似的非理性激情的故事发生在另一个时代，也就是在社会等级分明，人们很难相互认识和了解的时代……而且那种爱注定要失败：双方都死了，但我们想要我们笔下的人物快乐地活着，不是吗？"

"我认为确实是这样。"我气馁地低声回答。

"因此，虽然年轻读者对感官上的激情很感兴趣，而且容易接受，但我们需要的不仅仅是这些。我们写作不是为了满足大众

---

① 奥斯卡·王尔德（1854—1900），英国作家、诗人、散文家，唯美主义代表人物，19世纪80年代美学运动的主力和90年代颓废派运动的先驱。——译者注

的低级趣味，你觉得呢？"

在回答之前我犹豫了一会儿：我在思考其他时代的女人是如何形成复杂思想的，我该怎么向她解释所谓的"感官激情"也是感知爱情的渠道呢？我和肖恩在一起的所有时间，或大部分时间不是互相讽刺或谈论大事，而是拥抱、亲吻、做……

"要是没有吸引力、感官激情，那就不是爱情而是友谊了。"我最后说。

我看她犹豫不决。我怀疑触碰到她脆弱的内心了。"当然，爱情要经历友谊和了解……"她没那么肯定地重申道，"总之，我不信你这么大年纪的女孩能知道……"

我微笑了起来。

"你知道吗？"她眉毛挑得很高，几乎被头上戴的帽子盖住了。

"我们做的事或发生在我们身上的事不是都能成为小说素材的。"她长话短说，变得更加激动了。

啊，不能吗？与我之前想的恰恰相反。

第九章　重大机会

有时，好像有些人有某种预感，因为他们说的东西就恰恰与另一个人想做的事一模一样，或他们的做法能帮助或妨碍别人的行动。不知道这是天赋还是造成目标与行动一致的一系列巧合，但总之，通过堪称奇迹的沟通，可以达到思想或目标的一致。如果这种一直能发生在两个彼此有好感和相互尊重，甚至相爱的人之间，那就算得上是令人高兴的发现，自然可以用共鸣去解释。但是，共鸣不总是因为有共情。

事实上，就像发生在芙劳拉身上的那样，她和萧都没有预感，而让人意想不到的一个人，也就是汉密尔顿大人，在那个秘密夜晚的第二天就出现在塔克家了。他不一定是因为知道了事情才行动，因为萧在仆人们还没有起床各司其职时就回到了莱斯特家，没有人注意到他一整夜都不在。也是因为他睡在书房的小沙发上，与其他在阁楼共享一个小房间的年轻仆人不同，这是单独的住处。尽管莱斯特舅舅口气肯定地对芙劳拉说要把男孩尽快送到诺森伯兰，实际上，他计划带他一起去做买卖：有色人种的男孩对他在非洲的生意十分有用。

总之，一切都还值得期待。莱斯特舅舅因对女儿的草率许诺和在婚礼上引起轩然大波十分自责，还有些生气，但不知该如何弥补。这并不容易：卡特琳是个虚荣、愚笨又肤浅的女孩，拥有一个黑人侍者让她很激动，因为她的朋友们都没有，这样她可以在晚餐时或在家招待客人时炫耀一番。莱斯特舅舅早就该想到女儿的这种轻浮态度，因为这与他自己十分相似。但在别人的身上看到自己的缺点就会生气，莱斯特舅舅忍受不了女儿的过分虚荣，至于那个女婿就更别提了。如果说谁有这个毛病，那就是诺森伯兰的卢卡斯!

　　莱斯特皱着眉，这样推理：对于那对虚荣的夫妇来说，萧对他们没什么用，只不过是个人的仆人罢了。而对他来说，萧是完美的，因为萧的学习速度惊人，尤其是他性格好，因而让莱斯特对他的喜欢程度日益提升。一方面他对男孩的好感使他不愿与男孩分开，另一方面是他十分有用并能带来利益，也就是莱斯特舅舅想教男孩如何做买卖——要是萧聪明，很好，那他就找到了卡特琳的替代者。否则，他就得兑现诺言。

　　萧夜间秘密外出的第二天早晨，他发现主人十分恼火，还不同往日地严肃。他稍微一分心，一道非常难的数学计算出了一个小错，莱斯特就爆发了："看!我就知道，你不专心!你的心早不在这儿了，不能相信你这样的人……"

　　"对不起，先生。我度过了一夜……"他说不出话了。他当然不能说"困难的"，那是生命中最甜蜜、最温柔、最轻松的夜晚。而幸福之夜让他第一次回想起自己遭受的折磨，被人从家带走，远离家人，遭人抽打，被人囚禁，还被卖到一个又冷又远的国家。尽管这里的太阳看起来很小，光线微弱，阳光像是从地面而不是从天空中散发出来一样。但在那个安静的地方，她在等他，芙劳拉，他命中注定的女人，她头发又直又顺，像夕阳一样闪亮，牛奶般光滑柔软的肌肤，洁白无瑕，他就觉得喉咙被堵住了，心脏好像要跳出来了。

"你这个年纪的人晚上睡觉像睡鼠①一样沉，"莱斯特先生批评道，"到了我这把年纪就不贪睡了。我昨天夜里睡醒了，就下楼看了几个小时的书，想着看看自己还能不能再生困意。"

萧感觉麻木，但他笑着快速回答："为了体验一下，我愿意陪您，因为我也几乎没怎么睡过。"

"你是梦到的没睡吧。"莱斯特厌烦地说，"你房间里没有任何噪音，而且我探了探头，看见你在沙发上一动不动。"

萧觉得他说的应该是黎明前一会儿，当他回到家沉睡的时候。或者主人说的是夜里，当他机智地在被子底下垫了枕头伪造成有个不动的人的时候？要是他不想撞见因为内心不安而在家里转悠的主人，下次他得更小心。下次……今晚吗？芙劳拉怎么说的？"明天见"，但现在已经是早晨了，那今晚她会等他吗？

但正如一开始说的，芙劳拉白天听到了令人出乎意料的消息，她十分不安。汉密尔顿大人午后来到她家，用一张名片通报了自己的身份。这让全家人都很好奇，因为大家期待的第二次拜访是到汉密尔顿家，或许吃一顿午饭或晚饭。而这位大人好像很着急回到这里，和通报名片一起的还有一束艳丽的红白玫瑰花，那玫瑰很娇嫩，也很少见，妈妈说可不便宜呢。

"也许你们觉得我有点傲慢。"他对坐在客厅沙发上的三个

---

① 属啮齿目，睡鼠科。因有冬眠习性而得名。——译者注

女人说。

芙劳拉高兴地回答："没什么。您让我很惊喜，汉密尔顿大人。我没想到您还有点冲动。"

他看了她一会儿，好像被震惊到了。"今天您特别……"他犹豫了，他本来想说"迷人"，因为芙劳拉确实比他几天前见到的样子还要楚楚动人。她的脸庞光彩熠熠，眼睛清澈又明亮，一切看上去都那么甜美和性感，还有她伸过来打招呼的手。"我觉得特别温柔。"他最后选择了如此说法。

"您真的这么认为吗？"塔克夫人满心欢喜地插嘴说，"事实上，芙劳拉非常甜美。虽然她有时没有耐心，但这和所有人一样，对吧？谁还没有过一时的冲动、无聊，或者心情不爽啊！这都很正常的。"

西娅正要开口说事实上芙劳拉根本就不像妈妈描绘的那样，她是个刻薄的女孩子，她带刺但却不是玫瑰。这时她母亲却立刻对她说："西娅，你去告诉米利亚姆为汉密尔顿大人沏茶。"

"别费心了，夫人。很遗憾，我马上就得走了。我还有要紧事，要去城里一趟，刚巧路过这儿……为了……"他顿住了，看起来很困惑，又看了一眼芙劳拉，像是在寻找勇气，"好的，我不兜圈子了。我是来求婚的，没错，就是这样。"

塔克夫人震惊地倚在沙发背上，而芙劳拉则睁大眼睛，身体向前倾，问道："求婚？您是说让我嫁给您吗？"

"就是这样。"汉密尔顿大人像机器人一样重复。

"但……我们彼此还不了解对方呢！我不知道您是谁，您也不知道我是谁……"她气喘吁吁地反对。这真是个惊喜。不到二十四小时里，没有和她说过几句话的两个男人都想得到她。难道她看起来太愚蠢，他们都觉得没必要浪费时间讨论或交换意见吗？谈到美貌，芙劳拉当然不相信自己能有卡特琳表姐那么清纯动人，所有人都认为表姐十分完美：苗条的身材，红润的肌肤，碧绿的眼睛，金色的头发。芙劳拉知道自己面色太白，身材一般，金色鬈发，眼睛就是普通的褐色。她突然变成富有魅力的女孩了吗？真是难以相信！

"重要吗，亲爱的？"妈妈尖刻地打断她，突然坐直，"结婚后可以更好地了解，对吧，汉密尔顿大人？"

他点头同意，得到未来岳母的支持他十分开心。她继续蛮横地说："什么叫'先认识'呢？说说话，谈论这事那事并不会让彼此互相信任。其实有时候就是为了装装样子，而汉密尔顿大人好像不喜欢这种交往。"

"您说到我心坎儿里去了，夫人。"他满意地说，"我不喜欢长时间的求爱。您原谅我，这不是对您的家人不尊重或不热情或不喜爱，而是因为一个更简单直接的原因——我马上要去印度群岛了，会离开这里很多年，我不想等回来时再向芙劳拉求婚，我想让她作为我的妻子陪我一起去。"

塔克夫人睁大眼睛，再一次惊愕了。芙劳拉站了起来，汉密尔顿大人也被迫跟着站了起来。

"但是，先生！您怎么知道我适合做您的妻子呢？是什么让您相信我会离开我的家人和我的国家跟随您去那里呢？"

汉密尔顿用乞求的目光盯着她的眼睛："没人逼着我相信，是我的勇敢，芙劳拉小姐。我知道您还不了解我，但我觉得我了解您。您甜美又坚强，有内涵，果敢而敏锐。您有艺术天分，而我喜欢有艺术品位的女人。我觉得您会愿意在充满艺术气息的伟大国家旅行。"

"说到这里，汉密尔顿大人，我不能说您不对，我确实很喜欢旅行。但我觉得您高估了我的艺术天分，那只不过是学习任务。我们只见过两次面后您就说您了解我了，是不是有点傲慢？您的提议令我感到荣幸，但请您让我考虑考虑，其他的我现在还不能说。"

"您考虑一下，芙劳拉。"他低沉地回答，"我欣赏您的谨慎。"他说，虽然听起来不像是赞扬。然后他又略带威胁地说："两天后我会再来，请您到时再给我答复。我预计这个月末去印度，所以，我等不了多长时间。"

"月末！"妈妈喊道，又补充说，"有点快了，但是可以……对吧，芙劳拉？"

她沉默不语。

汉密尔顿刚一离开，妈妈就努力劝解她："芙劳拉！你知道吗？很多女孩会毫不犹豫地答应！贵族啊！他是十分富有的男人，还会带你去旅行，这不正是你的愿望吗……对了，你是什么时候开始想要旅行的？"

"有很多事我没说。"

"啊，没有说？"妈妈厌烦地强调，"你最好说清楚你的想法，尤其要想好你要做什么。机不可失，时不再来。"

自己写

早上我刚醒来就在厨房一口气写完了这章。我边低头写，边嚼着饼干，还喝了点水。总之，我讨厌这样吃东西，因为我吃东西时不喜欢分心，尤其是早餐很丰盛而不像这样凑合时。

另外，家里除了我别无他人。克劳迪娅昨晚没回来，我非常不安。她会去哪儿了呢？我能想象得到，但她不该这样做！不该一声不吭就消失！我想说，这不该发生克劳迪娅身上，她这年纪都可以当我妈妈了，这是什么主人！把身无分文的客人抛到脑后，也不担心客人过得好不好，也不担心晚上小偷把家里洗劫一空，对可怜的客人早晨七拼八凑才能吃上一顿勉强糊口的早饭也置之度外！

因此，为平息我的愤怒，我沉迷于写小说。人们知道，文学是逃避现实的一种方式，尤其是我们不那么喜欢现实的时候。而对于我来说，就是逃到过去，在幽灵的守护下，我确实可以自由地以幻想来逃避现实。

这就是今早我逃到厨房的原因，而简·奥斯汀从没在这里出现过（看得出她认为这里不适合她，因为她不是一名家庭主妇）。我习惯了用钢笔写字，虽然写一段时间后手就会疼，发麻——我相信作家们会抱怨写作中的巨大困难！俯首纸上，手指关节僵硬……但既然我这样开了头，就不能掏出我的笔记本电脑，其实，我的笔记本电脑还放在我的行李箱里没掏出来过呢，因为没有网络，所以还没用过。没办法，要是可怜的简·奥斯汀看不懂我用电脑键盘敲出的文件，那还不如用钢笔写。我写得越多，写字台上摞着的稿纸越多，我就越开心。这是能摸得到的东西，能听到翻页的声音，还能闻到像石油的墨水香气。木浆做的纸很软，有点像罗莎姑奶奶身上的檀香木味。

直到现在，对像特隆贝蒂一样的老师，或者像奶奶一样的老人津津乐道的一个话题，我到现在都不感兴趣：就是关于书的气味，甚至是新书与旧书气味的差别。新书芳香如面包，老书则散发着陈年红酒的味道。坦白说，如果要我明确说出安德里安娜姨姥姥藏书阁里的气味，好吧，我只想说是霉味儿，是空气不流通，粉尘的味道。没错，我确实没尽我的义务去整理它们，我根本就没做图书分类，这件事早晚会暴露，到那时就是灾难了！

不想了，说不定正在恋爱的疯子克劳迪娅看到我没当图书管理员，而是当作家，写了一本爱情小说，反而会很开心呢。

不过，她最好现在出现。她这是什么态度啊！随着时间流逝，我越发紧张，居然有人能疯狂到这种程度，真令人难以理解！哦！就像我在没提前告知妈妈晚回家，或突然回家取忘拿东西的时候，妈妈对我讲的那些话……不过，总之，是不一样的——我才十几岁，可不是四十多岁！人到了一定的岁数，就要有头脑，否则……否则就会让一个女孩陷入悲惨的处境，沦落到自己照顾自己，甚至连到镇上的自行车都没有（怎么说也有好几公里，还有几段陡坡路），孤零零的，像童话中那样被森林包围，只不过，我们现在是公元2000年，不会有什么王子来解救。

等克劳迪娅一进家门看见我，我就要求她马上摘掉那些窗帘，就让她立马陪我去坐大巴，我厌倦了待在寂静和孤独中。单独待着很不好，人们一直这样说！说到寂静，我不明白，寂静与平静有什么关系？也许是永久的平静①，因为我不怎么平静。我在厨房里来回走，戴着耳机听着音乐，还不错，我还能有这种安慰，否则就要自闭了。

哎！

我好像听到了枪声，是在做梦吗？

我摘下耳机，心跳开始加速。啊，没错，确实是枪声。我

---

① 这里指死亡，安息。——译者注

透过窗户看外面。天哪！我刚想到童话，猎人就来了！两个猎人带着几条沙哑嘶叫着的狗。我跑到大门口，想让他们把我捎到镇上，带我离开这儿。给克劳迪娅留下张便条，写上"再见，不合格的主人"，或什么也不写。此刻，没有铺沥青的路上掀起一层尘土，一辆黄色疾驰的汽车很快就冒了出来，像甲虫一样全速跃进。

疯子回来了。

狗冲向汽车，狂吠到极限，而猎人们正向家门口走来，看见我从家里出来，还吹着口哨呼唤他们的狗。这时，克劳迪娅的车开到门前，马达的轰鸣声盖过了狗叫和口哨声，车停了下来，掀起了一阵尘土。我从没见过如此冒烟的汽车！谈何零污染，这可是超级污染！

"你们在我的房子干什么？"她都没打招呼就喊起来。

"女士，对不起，房子没有栅栏。"跟克劳迪娅一样迷惑的一个猎人回答。

"再说了，这房子往常也没人住。"另一个像是为了看起来友好些，乐呵呵地说。

"我住这儿，不，我和我的……外甥女……还有……其他朋友住这儿。"她说得好像我们是群居人，但他们看起来不像不怀好意！二人显得很平和，虽然他们明明持有武器，但是却好像很惊恐，就连那个脾气坏的也是。

这时克劳迪娅威胁起来："你们快走，否则我举报你们！"

"女士，好了，不要闹大，我们只是路过，打扰到您了，我们很抱歉……"那个更善良的人回答，而另一个却说："无论如何，我们都没有违反法律，既然没有栅栏，我们就可以从院子经过。"

"对，不过，我听到了枪声。"那时我插嘴说。

"什么？"克劳迪娅睁大眼睛和张大嘴巴，像个卡通人物一样惊呼："你们在这儿，在我家开枪了吗？我要叫警察！我要举报你们！"

"克劳迪娅……"我上前试图阻止她。

她那时紧紧抱住我，护着我免遭对方子弹射击，她焦虑地问我："你害怕吗，甜心？"

这时两个猎人叫他们的狗。"您演得再逼真点。"脾气坏的那个人说完就转过身去。

"女士，对不起，我们以为这里像往常一样没人呢。您最好安装一个提示牌。"

"等一下……"克劳迪娅要爆发，立刻松开我，但我抓住了她的手，希望她不再计较。终于，她觉得最好还是别威胁他们，也是因为她有点自责……

"米娅，亲爱的，我很抱歉，把你一个人留在家里。"等两个男人一同从道路上消失，她才含糊地说道。

我没反驳，只是淡淡地说"没什么"。其实，我浑身上下神经紧张得足以产生点亮一座城市的电流。

　　这时，她恭维地说："原谅我，我的行为太疯狂了，虽然我这么做也许是因为我知道你有能力……你能应付得了……"

　　"可不是个好借口。"我悲伤地回答。

　　"对，没错，米娅宝贝，"她承认，但很快又厌倦了辩解，"我向你发誓，我不知道该怎么向你解释我为什么那样做，我忘记了时间，到了这儿才发现你遇到了那些坏人……"

　　"哪有坏人？"我尖刻地打断，"他们是猎人。你想想，要是昨晚来了小偷会怎么样？"我更冷冰冰地问她。

　　"哦，我的天哪！哦，天哪！"她悲叫道，她又要抱我了。但我很气愤。克劳迪娅想演点戏码，掉点眼泪就打发我？那岂不是太容易了！我躲开她的怀抱，对她说："我想马上就走，我去收拾行李。"

　　我跑上楼，打开门进了房间，真像有人写了剧本似的，又来了一个拖后腿的，那就是简·奥斯汀。

　　"你现在不能走。"她说。

　　"为什么不能？"我一边打开衣柜一边说。

　　"你得写完小说。"她以不可反驳的口气说话。

　　而我还真的反驳了。"我没签任何合同。"我挑衅地说。总之，我向她展示出我自己的事自己决定的态度：要是签了合同，那就必须得写，否则人们想写就写，一不高兴就可以像我一样不写了。

"当然不是。写作不仅是为了酬金，对吧？人们写作也是因为热爱，因为有话要说，因为脑子里有好故事，因为写作是极大的快乐。"她提醒我。我手里拿着衣服，像是在掂着它们的分量。

"我能继续在我家而不是在这儿写小说。"

"请允许我质疑一下。"她沉着地说，"你在这儿上午写，下午写，晚上还写，因为只有你一个人，不需要交际。你确定在家能集中精力，能有时间和空间吗？"

"当然……"

"那么多事？那么多朋友？还要不停上网吧？"

我目瞪口呆了。她怎么知道上网呢？平静下来，米娅，她说的是这种联系：熟人、朋友、亲戚等来访者，以及一起聊天或散步的人……

"分心会让你到晚上也写不出什么东西！"她继续说着，对自己说的话十分确信。我开始动摇了，因为我知道在家会是什么样子，尤其是我的交际圈会有多大影响。引用著名诗人的话，好像是夸西莫多①的："人们总是在不断联系……很快天就黑了！"

---

① 萨瓦多尔·夸西莫多（1901—1968），意大利诗人，诺贝尔文学奖获得者。代表作有诗集《水与土》《消逝的笛音》和《日复一日》。——译者注

"还有人在咖啡厅里，我是说在人群纷扰之中写作呢。"我提到一位女作家在采访中说她在人多的咖啡厅的小桌上创作得更好。

"我不否认，有人身处人群中却像只有自己一样，这需要我们的专注和认真。"她像往常一样尖锐地说。确实，简·奥斯汀是个硬骨头。

"无论如何，我也不想再写了，也许我以后再继续……"我突然爆发，然后像是引用不知名的官方话卖弄地说，"应该在想写和喜欢写的时候写，否则会起反作用，写出的东西会很垃圾。"

我承认我的表达对一个两百年前的小姐来说不合适，她严肃地抬起了眉毛。但不是因为我如何表达，而是因为我说的内容。

"很好。但我得告诉你，这可不是任由你选择的，"她以责备的口吻警告我，"把喜欢当作是完成和征服，这是面对写作挑战和困难的投降，是临阵脱逃，是任由无所作为的想法作祟。"

天哪！我没想到简·奥斯汀会用老师对待工作的口气为写作辩护，我原以为对她来说，写作就是一种消遣，至少在她还是小女孩的时候。难道所有人迟早都会像她这么说吗？

"好吧，但是我很讨厌独处。"

她沉默无言。我觉得她好像生气了，于是把衣服放在床上，离她近了一些。"简小姐，我没想让您难受，我知道您离我很近，您陪着我，所以，实际上，我不是一个人，不过……"

"我知道你要说什么，我懂。"她抬起眼低声对我说。她的眼睛有点吓到我了，因为她的眼睛几乎是透明的。

"您真的懂我吗？我受不了啦，这才过了一个星期。"我遗憾地说。

"我知道，但是也得有一定的约束。再说，你不会感到多么孤单，至少我认为这种程度的封闭和脑力工作还算不上孤单。"

"亲爱的米娅，我觉得你自己就能懂，或者将来会懂。"她神秘地说。她突然在我眼前消失了，因为爱管闲事的克劳迪娅露面了，而且还流着眼泪。

"亲爱的米娅，非常对不起，跑到你的房间来道歉……"

"求你了，你把这儿当成你家啦！"我挖苦地说，心想：连门都不敲了吗？

"米娅，我平静不了，我非常抱歉，我不知道怎样做你才能原谅我。不过，请你不要这么快回去，请你至少再待今明两天，至少要漂漂亮亮地收尾，至少我们不要不欢而散，至少……"她一个接一个地说了多少个"至少"啊？

"好吧，小姐，我答应啦。最多，我既往不咎，'至少'，我给您一个机会。"

暗喻技巧

我把自己关在藏书阁里，正准备开始第十章，这时简·奥斯汀告诫我："亲爱的，在你继续写小说之前，我想跟你谈一个我十分重视的话题：暗喻。"

"暗喻？"我重复道，努力回想这是什么意思。我当然知道，好吧！人们用隐含的，也许是粗暴刺耳的方式谈论某件事，但指的是……等一下，老师是怎么讲的？我喊道："对了，间接提及。"

"很棒，米娅。"

我相信特隆贝蒂老师，她要是知道我对简·奥斯汀重复过她说过的话，应该不会生气。我还在炫耀著名的"不是你口袋里的面粉"①的时候，我现在这位幽灵老师继续说："看，你已经知

---

① 意思是"不是你的东西"。——译者注

道了它的意思和用法，我劝你现在不要忘记继续深入写芙劳拉暗恋萧的章节。"

"难道还要我自我审查吗？"我生气地说，对这种假正经感到震惊。我确实想对她说，当文学不再讨论自由恋爱或禁忌词语"性"时就有很大进步了。像往常一样，她好像猜透了我的心思，讽刺地审视着我。

"你以为我不知道那些明目张胆大谈所谓自由恋爱的开放的书是什么样的吗？你以为我没看过一些荒唐的小说吗？"

"我不知道。"我嘟囔着，实际上我很不安。简·奥斯汀……知道吗？

"我知道女孩儿们错把一时冲动当作爱情，就算不是圈套，后果你也能想象得到，她们很容易被诱惑，然后陷入极度失望，这可能毁了她们的人生。"

我怎么告诉她医学取得了巨大进步，使所谓的不良后果变得可控呢？嘿，我发现我就是在考虑如何影射呢！

"因此，在我的小说里，慎用激情、感官的描述，而重在控制行为的理性方面。"

"对，我当然同意这点，但又不是完全同意。爱情不单是纯粹的精神活动。"

"没错，也不是单纯的肉体吸引。"

我开始变得紧张不安："不过，这和暗喻有什么关系？"

"我们写作，不说三道四，不像坊间女人之间八卦闲扯，咬耳朵、嚼舌根。"

"啊。"我一想到简·奥斯汀肯定听过这类对话，就很震惊。我也很了解这类对话，我也很明白这种对话，就是女生们谈论男生、亲吻、感情、想法、吸引力、探索游戏[①]、体验……

"你看起来心烦意乱。你觉得我真的什么都不懂吗？就因为我没结过婚？"

"不是！"我急忙辩解，"不是因为这个，我还知道您有过一个男朋友……"

简·奥斯汀表情变了，脸色发白。"不是男朋友，我们还没到那一步。没错，我对他有好感，而他好像也有所回应。但我要说的不是他。"她直截了当地又拉回到主题，"你觉得我不知道男人在干什么吗？你要是没领会到我的双关语，那是因为我在字里行间隐藏得太好了，这我知道。而且很多男士也读得很开心。"

"开心是什么意思？"

"我向你保证他们明白其中的意思。达西和宾利[②]的对话，你记得吗？暗喻技巧是：'我干什么都很快'。"

---

① 指一种年轻人的手眼协调的游戏。——译者注
② 达西和宾利是简·奥斯汀小说《傲慢与偏见》中的一对朋友。——译者注

"难以置信！"我小声地评论。这让我想到哥哥痴迷的绿日乐队组合①唱的那首歌，"好人没好报……"我始终觉得听着倒胃，足见简·奥斯汀说得对，除非是朋克歌曲，讲述某些细节未见得就是优点。

简·奥斯汀开心地大笑起来，天哪，她骗了我！

第十章　探讨艺术

萧从芙劳拉为他打开的窗户离开时，月亮刚落下。女孩半睡半醒地躺在床上，她等了他很长时间，也不清楚他来不来，什么时候来。但他许诺过了，芙劳拉相信萧会尽一切努力到这儿来的。

她知道他来这儿并不容易。对仆人来说，在深夜离开是绝对不允许的，尤其是像舅舅这种有大总管管理的别墅，更别说还在学徒阶段并由舅舅亲自看管的男孩了。因此，亲爱的萧得非常小心，得等所有人都回去睡熟，才能像小偷一样活动。

过去了几个小时，芙劳拉开始不安，他也睡着了？他应该是因为前一夜没睡，又学习工作了一整天，太累了。她理解他，因

① 美国的　支朋克乐队，于1986年成立。由主唱兼古他手比利·乔·阿姆斯特朗、贝斯手迈克·迪恩特迈克·迪和鼓手特雷·库尔组成。——译者注

为对她来说，这一天也很累，虽然她为了晚上能保持清醒，下午休息了一会儿。但她太想他了，以至于不能原谅他的爽约。

风吹动帘子的沙沙声，地面或百叶窗发出的咯吱咯吱声，都让她的心跳加速，竖着耳朵，时刻准备着冲向窗户拥抱她的深夜访客。她在窗户边焦虑地望了很多次，仔细监视着通明的道路，有夜间行人路过时，她就立马后退。最后，她透过窗帘看见了管路灯的人，见他用长杆熄灭了主路上的灯，漫长的夜结束了。还好，月亮在空中露出她灿烂的笑脸，萧也看得清道路了。越来越晚，越来越晚……

为缓解紧张，芙劳拉边溜达边搓手。当然，她不安地在屋子里走来走去会引起米利亚姆的怀疑，她每天都睡得很晚，大概到凌晨才回房睡觉。芙劳拉坐在床上，想看书来打发时间，而且为了不让光从门缝漏出去，还调暗了油灯。就这样，她在床上一动不动，看着透过薄窗帘映在地面上的像牛奶云一样的月光。

她无意识地睡着了，梦见像王子一样满身宝石的雄壮大象。大象在她面前低下了它那巨头，还鞠了个躬，允许她骑到它那铺着装饰毯子的背上。而她芙劳拉变得自己都认不出来了：她不是往日穿着长裙戴着帽子的那个女孩。她穿着喇叭裤，披着披风，柔顺的金发披散在肩膀上，像盖住肩膀和后背的丝质披肩。

骑在强壮而温顺的动物身上给她一种居高临下的感觉，她很美丽，还兴高采烈。芙劳拉睡着了，直到感觉到有人上了床，才醒了过来。那个身体又重又温暖，一边轻声叫着她的名字，一边靠近她。

她一下子就醒了，又害怕又高兴。她怎么会没听见他从窗户进来呢？

"是你。"她抱着他低声说。她不想叫他那个可笑的名字——萧。她像前一天晚上一样抱住他，对他说一些到目前为止都没说过的甜言蜜语。

夜深了，月光照不进来了，芙劳拉看不清男孩的优美轮廓，于是就用指尖滑过他的轮廓、金发，柔软的嘴唇，优雅的小耳朵，脖子和宽厚的肩膀，紧实的胸肌和背阔肌，温暖柔软的皮肤，他的心跳好像触动了她的全身。

她沉浸于内心涌现的又柔软又强烈的浪潮，快乐和热情都溢于言表，但为了不让别人听到尖叫声而醒来，萧吻住了她的嘴，因为深夜才开始，也是他们相互了解的开始。

后来，房间开始变亮，他起床了。

"等等！"芙劳拉抓住了他的一只胳膊说。

"我得在你家里人醒来之前离开。"他小声说。

"我得告诉你一件很重要的事。"

"重要？"终于，在半明半暗中，她看清了他那像月亮一样自带光芒的璀璨笑容，"比你我重要吗？"

芙劳拉承认："不，没那么重要。"

"那就是不重要。"他总结道。

"等等，我还得做一件事，这个很重要。"芙劳拉从床上起来，她轻盈地踮着脚尖走近写字台。她拿了一张纸和一支炭笔，走近窗户。虽然还是夜色朦胧，但曙光将现，天际呈现出淡蓝色，她和萧像是在梦中移动。

"你离近点。"她低声对男孩说。他光着身子，笑着走近："真冷，你想做什么？"

"画你的模样，这样，剩下的时间里，你也能一直在我身边了。"她解释着，匆匆忙忙地在白纸上画下了清晰的轮廓。她轻声地命令他："不要动，等一下，你看着我！"

"我不能动？我冷，快一点，你至少让我抱着你。"他嘟囔着反驳。

"一会儿。快画完了，看我，不要笑……你不要让我笑……"

萧为了不笑出来捂住了自己的嘴巴，另一只手捂住了她的嘴，为了让她也不要笑。他又亲吻了她很长时间，然后匆忙跳窗离开了。

芙劳拉的内心从充满甜蜜美好转为对消失的男孩的思念，她扑回床上，又沉睡过去了。

第十一章　背着芙劳拉谈婚论嫁

因为芙劳拉满脑子都在想别的，所以她坐在小客厅里吃早餐或在花园里散步时，都心不在焉，眼神呆滞，而其他人正积极地开始为她操持不久后的婚礼。很遗憾，幻想不仅对她没有帮助，反而带她走上了不愿走的道路。

汉密尔顿大人期盼得到的明确答复是芙劳拉的爸爸拍板敲定的，一见到未来的女婿，他就说，如果大人有耐心忍受年纪轻轻的新娘的一些典型任性之举，他的女儿将很荣幸成为他这位大人物的妻子。

"芙劳拉答应了，我很感动。"汉密尔顿大人说，虽然他看上去并非那么感动，"我理解，她还那么年轻，不过，我能够作为一个男人对另一个男人坦诚地说话……"他停顿了一下，期待着塔克先生对他的鼓励。

果然，塔克先生连忙说："我十分重视这次真诚的交流。"

"我觉得年轻的妻子更好，这样丈夫能指引她，尤其是我的情况，我做买卖要远行，一般女人离开家，离开熟悉的环境所遇到的困难要比年轻女孩更多，年轻女孩能发现不同环境和习俗中的新鲜事物，感受其魅力。特别是芙劳拉这样有艺术细胞的女孩，会欣赏差异，您觉得呢？"

"当然。"塔克先生承认，事实上，一想到女儿暴躁的脾气，他还是有点担心，她肯定不会对带她周游世界的这么难得的丈夫表现出应有的热情与感激之心。

在去和汉密尔顿大人会谈之前，查理和他的妻子谈论了很长时间。他们俩一致认为，这对芙劳拉是绝佳的机会，千万不能错过——变成汉密尔顿夫人，去印度几年后再回来，这对于开始显露出不安分的女孩是最好的解决办法，也许她的一生中不会再遇到这么着急娶她的贵族了。时机就在眼前，得立刻抓住。芙劳拉才十五岁，她对生活、世界、困难和像这种天上掉馅饼的重大机遇知道些什么呢？她当然不同意，因为一切发生得太快了，她还没来得及认识、欣赏如此精致优雅的男人及其无懈可击的品质。但查理和温迪一致认为，她会在短期内爱上他的优点，离开娘家和国家后，她肯定会抓紧他，学会欣赏她现在欣赏不来的那一切：处事冷静，身份等级与财富带来的安全感，甚至他的枯燥乏味也会被看成优点，变成有分寸和值得尊重，远胜过那些魅力四射的人，因为这样会吸引许多女人而构成威胁，时间一久，会造成妻子的痛苦。

总之，查理和温迪最终一致同意强加给芙劳拉这桩她尚未接受的婚姻，而且由于她是未成年人，他们可以代替她做决定。他们这样做是为了她好，时间长了，她自然就会感谢父母的这种安排。

"肯定。"这次查理重复说着，自信地点着头。

"我向你们保证，我会照顾好你们的女儿。我希望她开心快乐，我会让她一直笑下去。她深邃、敏感又包容的眼神打动了我，我想我们会幸福的。"

"毫无疑问。"查理的话里副词不少。听到对方如此评价自己的女儿，他很开心，不过说实话，她最近脾气有点古怪，可是她的性格打小就是备受称赞的。一想起她小时候，金色的头发包着她的笑脸，塔克先生甚至有点感动。他抖了一下眉毛，为芙劳拉找到一个理想的丈夫，一个会爱她、让她找到儿时快乐的男人，他真的很开心。

"我们下个月结婚，"于是汉密尔顿大人宣布，"在皮科克，我的领地上的教堂里举办。婚礼会很简单，只邀请最亲近的人参加，因为我们一办完婚礼就要立刻出发去印度。"

"很明显，您也想象得到，我妻子对此是有点遗憾的：芙劳拉是长女，她当然希望女儿办个盛大婚礼……您懂的……"查理壮着胆子对汉密尔顿说。其实，他不仅受不了婚礼太过豪华，而且还担心花费过高会让他落得一贫如洗。

"当然。不过您不用担心，婚礼不会过分豪华，另外，我不喜欢炫耀，尤其是和圣事①有关的事情。但我承诺，一年后我们

---

① 圣事是基督教的重要礼仪，天主教有七件圣事：圣洗、坚振、告解、圣体、终傅、神品、婚配等七件。而新教一般只承认洗礼（圣洗）与圣餐（圣体）为圣事。——译者注

从印度回来时，我们会在家好好款待大家，那时把亲朋好友都邀请来，芙劳拉将按照自己的意愿安排。"

天啊！塔克先生心里狂喊着。他满意地红着脸说："我觉得这个消息能使我的妻子平静下来。谢谢您，您真是善解人意。"

"没那么夸张。"汉密尔顿大人谦虚地回答，他全身都洋溢着胜利的喜悦。最终，他没费多大力气就说服这个想攀高枝的家庭迅速决定把女儿嫁给他。他从小就知道头衔和财富能铲平所有障碍。只要有点耐心，内心抵触的小女孩也终究会敞开心扉。另外，她父母答应的速度之快让他觉得缺乏刺激，感到无聊无趣。真正的挑战是她本人，她不得不接受他，去一个遥远的国度，与他共度余生。一想到这，汉密尔顿大人就开心地搓手。

芙劳拉还不了解一切，她平静地去镇上的广场散步，还有妹妹和女管家米利亚姆陪着她，米利亚姆有时责备她："你在听我说吗？芙劳拉！"

"听啊，听啊。"

"我不知道你怎么了。也许你可以欺骗你妈妈，说你头疼，可你骗不了我。"女人以挑逗的口气说。

"你想说什么？"芙劳拉终于更认真地问道。

"昨晚我听到了动静，你在房间里走来走去，不知道起来了多少回。"

"那你也没睡？"芙劳拉天真地问。

"我时睡时醒，可是每次醒来，都好像听到从你房间传来一些噪音。"

"可能是老鼠！"芙劳拉回应道，说完这个谎话还不由自主地笑了起来。于是她按照这个路子继续说："可能是偷偷进来的小老鼠……说不定还钻上了你的床呢？"

"别犯傻！"米利亚姆惊叫。"你知道我恨老鼠！"

"可我不恨。"芙劳拉用整个早晨都在惹大家不满的口气说。

"我也不。"她妹妹凑热闹，她一直感兴趣地听着对话。

"我愿意有一只小老鼠一直陪着我，要是在我的房间就好了。"

"你说什么呢？"米利亚姆跳起来。"老鼠很讨厌！你看见了吧，芙劳拉？你的挑唆影响了你妹妹，你给她灌输了这种荒唐的想法。"

"我不觉得。"芙劳拉辩护着，但脸色变了。

"不荒唐。"西娅板着脸补充。

"你们不可能，"米利亚姆爆发说，暗含着威胁，"你爸爸会让你从昨晚的疯狂中清醒过来！"

"你想说什么？"芙劳拉皱起了眉，但她的心早就飞走了，飞到远方的柔软的云端，幻想着隐秘的快乐。

"不能说你听从了我的建议。"简·奥斯汀看着文章简洁地回答。

我面对着火炉坐在沙发上，虽然我很清楚火炉不存在，但它散发着热量。写了这深刻的两章后我很累，但现在我得听她的责备了，因为有个场景写得有点过于清晰了，怎么说呢，就是太直白了！

"为什么不呢？"我厌烦地说，"小老鼠呢？"

"啊，"她说，"有点……就像你说的……那只老鼠有点沉重。不只是暗喻，还是双关语呢。"

啊，真烦人！比在学校更糟糕。我以为作家能完全自由，否则还谈什么艺术？结果在她眼里全都是问题！我板着脸没回答。我非常清楚，我们没法相互理解，是年龄、年代相隔太遥远的问题！

"我知道你觉得很烦，因为你认为最重要的是脑子里的东西——想法、故事。"

"对啊。"我干巴巴地回答。

"我只想让你明白，要注意到许多方面：故事，人物及其特征，他们的表达方式，每个人都应该不同……"

"我没注意吗？我觉得我注意了。而且，我重读那些对话时，告诉您吧，简小姐，我甚至都对自己能写到这个程度感到吃惊！"

"真的吗？"她抬起眉毛，眼神很奇怪，很明显，她在开我玩笑。

"当然，有时，我写作时的感觉就像……"不知道我能不能说恍惚？换种说法，"就像有强烈的灵感，没有过多考虑词语，表达……然后，再读再写，然后……就成了！"

"我很高兴。"她总是以欺骗的口气评说。

"总之，就是因为这样，我没有过多担心风格以及表达方式的问题。"我坦白。

"可是，很明显，这是最重要的方面，会对你有好处的。"

"对我来说，最重要的是故事。要是没有要说的故事，还写什么呢？"

"没错。这就是许多有学问的人的通病，他们喜欢写作是为了展示惊人的词汇知识。"她承认，"不过，好作家能得到认可是因为他的写作方式，而不仅是他讲的内容，你不觉得吗？"

"好吧。同样的故事可以以不同的方式叙述，用喜剧还是悲剧格调写，效果就大不相同。"

"对，这就是根本。我认为我的风格明朗。我受不了戏剧，更别说悲剧了，轻浮的语言也不行。"

"我知道。您的女主人公们智慧又风趣，对男人进行言语挑衅。不过，不好意思，简小姐，对爱情不能过多讽刺。您没考虑到激情与理解……"

这时，她激动了："怎么没有？相反，我在这方面十分明确，对于当作激情的一时冲动非常警惕，我还写了两个灵魂之间的深度理解……"

"对，没错，没错……"我试图让她平静而点头同意。我的天啊，我确实惹恼了她。她继续滔滔不绝地侃侃而谈，而且语速很快，我都跟不上、听不懂了，只觉得一串串词语从她嘴里噼里啪啦地冲了出来，她确实生气了。

"大家都很容易被吸引……"我解释，"谁都知道，互相吸引的结果是很容易就做不该做的事，全然受动物的直觉引导，毫不顾忌后果……但是，彼此相爱，相互尊重，彼此连接，对另一方的事情上心，这才是更高的层次，只有我们的意志才能引导并帮助我们升华到这个层次。"

她平静了一些，和解地看着我。

"我也同意您的这番话，简小姐。您觉得芙劳拉只是简单地沉迷在感情冲动之中吗？我不这样认为。她是唯一一个对萧产生同情的人，她看到的不只是他的肤色和身份。如果只是您说的双方有意志，那爱情会很枯燥，您不觉得吗？"

她沉默了，表情让人捉摸不透。

"就我所知，凭我的感觉，爱情十分神秘。意志能让我们不做傻事，不昏头，不成为另一方的奴隶，不企图主宰对方或自私地令其完全为自己所占有……我不知道您能明白我的意思吗……"

她还是沉默，但严肃地点头。

"那种以自我为中心的爱，我指的是汉密尔顿大人，他不爱芙劳拉，但他想要占有她，就像她是一个什么东西一样。而萧和芙劳拉之间，虽然他们之间大不相同，却是相逢、相识、相知，到互相选择。您觉得不可能吗？"

简·奥斯汀像蜡像一样一动不动。我害怕她会生气或感到失望，但我什么也做不了。不过我敢肯定的是，不能为了讨像她这样的伟大女作家的欢心而牺牲爱情。

这时，小说之外的事情

"咕咕！"

我的妈呀，克劳迪娅真让人恼火！她在藏书阁门口探头探脑呢，很明显她没敲门，居然还做出这种小孩子的幼稚之举。说实话，我的第一反应是想把墨水瓶扔她身上！

"打扰你了吗？"她感觉到房间里不欢迎她的气氛在加重，就马上问道。

"有点。"我回答，尽力克制自己不要发脾气。我因为闭门写作而变得有些孤僻，也不知道自己是否对此有所意识，才连忙说："别放心上，克劳迪娅，我开玩笑呢！你进来吧！"

"我不知道你是怎么做到待在这里面的，潮湿的味道……和熏香的味道。你点着樟脑棍呢？"

"谁？我吗？"我吃惊地问。

克劳迪娅像赛特犬①闻着跟踪对象的行迹那样抬高鼻子。"我闻到了熏香的味道，是檀香木吗？"

"会不会是你姨妈放在这里的香精散发出的味道？"

克劳迪娅不闻了，盯着我看。"天啊，米娅！你说话文绉绉的，你知道吗？"

"夸张了。"

"没有，没有，我觉得你像图书馆里的老鼠一样待在这里，埋头看书，你正变得……见多识广。"

"瞧你说的。"我应付着说，同时赶紧收起我写的东西，以免让她看见。

"活儿干得怎么样啦？"她又问，好奇地看着我收进文件袋里的纸。

"挺好。"

"我迫不及待地想看看，"她说，自从她不再教书以来，说话水平都倒退了，"我能看看吗？"

"不能！"我爆发了，把文件袋紧紧捂在胸口，"还太早……"我试图弥补这个没礼貌的举动。

克劳迪娅困惑地看着我。"你看起来像是在创作艺术品，你没把它弄得太复杂吧？就是分类整理，很简单的事情……不用太

---

① 英国犬类的著名品种。——译者注

专注。"

"我想把事情做好。"我说，为了不让自己那么自责，我想拖到我走的时候……也就是后天，再坦白我连一本书也没整理！我一下子焦虑起来，为了努力抑制焦虑，我表现得更友好，"你那儿需要帮忙吗？"

"不用，宝贝，我是来叫你吃午饭的。你，真可怜，在这里低着头像僧侣一样干活儿，都感觉不到时间流逝得飞快。已经快一点了，我准备了便餐，我们在外面吃，这样会更好……你要是不介意，法布里也来。"

"不介意，而且我很开心。"我回答，也是为了让她原谅我之前的冷漠。克劳迪娅开心了起来，冲过来抱住我。"真好！我真开心！"

好吧，她居然这么容易就开心了，那我就去换衣服，然后到庭院里去和两个热恋中的成年人吃饭。他来了，身上散发着百合香味，他应该是用过剃须膏！按惯例行贴面亲吻礼后，我身上的香味就无法消散了，这香味盖住了饭桌上飘来的罗勒、大蒜、薄荷的香味。

克劳迪娅盛装打扮，她穿着短纱裙和高跟鞋，石子路有点妨碍她走路，她戴着一整套首饰：耳环、项链和手镯，像西藏铃铛一样叮当作响。在餐桌上，她像蜂王身边的一只工蜂似的忙着招待，还问蜂王是否一切都好。

他看见番茄沙拉说"好吃极了"，看见沙拉说"真棒"，看见米饭说"味道真好"，每次夸赞都让克劳迪娅狂喜。她碰他一下，又接着低下头来，样子那么令人窒息，然后说："谢谢！你真的喜欢吗？都很简单，一顿便餐……"

不过，我怀疑吃便饭不是他来这里的真正目的。我可不是昨天刚出生的：那眼神，那微笑，我都看得明白。我想说："你们也可以离开这儿到房间里去，不用顾及我。"

可我错了。即使喝完了餐后咖啡，他们还喜欢继续这样眉目传情。他们一起收拾餐桌，他还坚持要洗盘子，他们让我离开后，又继续说说笑笑，总之就是消磨时间。

怎么说呢？如果这就是爱，那我不懂。

第十二章　发现新鲜事

不能给她男朋友写信的感觉真糟糕！不能和他说话，白天也见不到他，她都可以忍受，那是因为相信夜晚到来时会得到加倍补偿。可是，无法给他写信来表达情感，无法表达出来的思绪积聚起来，受到浓缩，变得混乱不清，甚至无法变为有逻辑顺序的句子，哪怕是最普通的一般句子，使她有话说不出来，都哽在喉头，呼吸不畅，心也怦怦地跳。只要有人提到萧，例如，她妈妈说："我哥哥确实古怪。现在他又不想把仆人派到卡特琳那儿了……"芙劳拉刷的一下脸就红了，心脏狂跳，喘不上气来。

"什么仆人？"幸好她爸爸问，否则她无法以自然的态度说话。

"婚礼上展现的那个男孩，那个惊喜，记得吗？"

"记得，你哥哥经常玩那种吹牛的把戏。"查理皱着眉头说。众所周知，他对舅舅没有多少好感，觉得他爱吹牛。

"这不，他现在要留住他的萧。"温迪摇着头解释。

"那他就留着吧。"丈夫说了一句，就又去看那本看了几个月的书，因为每次他看上一两页后就犯困。

"那卡特琳表姐会说什么呢？"芙劳拉勇敢地插话，心跳声在耳朵里轰隆轰隆的，但她希望自己说话的声音是平静的。

"你觉得她能说什么？她了解她爸爸，我觉得……你怎么了，芙劳拉，亲爱的？你脸通红。你可别发烧呀。"

"不，我很好。"她急忙说，"我只是……打嗝！"她编了个瞎话。

"啊，这样。那你去喝点水吧！"

"啊，好的。我去。但……谁跟你说莱斯特舅舅不会派……那个……仆人去呢？"

"那当然是你舅妈！她说她丈夫想留着他经营买卖，而且卡特琳身边有不少仆人了。要我说啊，他之前就没想到这点吗？"

"那……那个……！他不会去……"芙劳拉说，涌现出了喜悦。萧会离她很近，永远！

"有什么关系呢？"她妈妈怀疑地审视她，"无论如何，你舅舅会带他出去做买卖。他好像不久后就出发，也就两周后吧。"

芙劳拉的欢喜就像沙漠里的一点水，很快就蒸发了。"怎么？哪儿……"她的胃立刻堵上了，看起来像是真打嗝憋住了她的话。

"你快去喝水，芙劳拉。"妈妈干巴巴地命令道。女孩一出屋，妈妈叹气："芙劳拉越来越不安。有点不对劲，心不在焉，还痴迷于一些傻事，看见了吗？"

丈夫嘟囔着表示同意。

"比如，那个仆人。那次表演让她心神不定，她总是担心他的命运。看见了吗？她现在又……"

"没错。"丈夫简单地说，"最好别再提他了，你觉得呢？"

"你说得对。最好让她对接下来发生的事有所准备。这样她就会思考更重要、更实际的事。"

芙劳拉待在门外偷听。她感觉不好，竟然出现了人力不可抗拒的情况！她感觉像是被人猛击了一掌：她父母说的接下来要发生的事是什么？重要又实际的事？没人跟她提过，这让她更担心害怕起来。得赶快找米利亚姆摸底，她肯定熟知家庭计划。所有人对待她就像对待小孩一样，给她下命令却不告诉她计划，但她不再是小女孩，也不是女孩了，她是女人，她应该知道！

于是，她穿过厨房直接来到了米利亚姆在做刺绣的小屋问她。她知道得狡猾一点才能套到话，于是便表现出一副沮丧的样子。

"怎么了，芙劳拉？你找东西？"

"我知道了。"她痛苦地说。

"啊！"米利亚姆停顿了一下，"我以为他们会按照约定再等几天。"

芙劳拉没回答，而是盯着米利亚姆，然后问："你是怎么想的？"

"我觉得做得对，对你来说，是个好机会。你现在不会明白，因为你太年轻了，但过不了多久，你就会明白你的新地位带来的巨大好处。"

从什么时候开始米利亚姆能说这么复杂的话了？很明显，爸爸和妈妈提示过她了：哪个机会？什么地位，然后呢？

"我不知道你怎么会谈到好处。"她低声地说。

"芙劳拉！"米利亚姆把刺绣放在膝盖上，看着她，"你不知道，你要变成汉密尔顿夫人吗？"

芙劳拉大吃一惊。啊，是这个啊！"不可能！"她含糊地小声说。

米利亚姆用妈妈的口气，温柔地对她说："当然可能，我的甜心。你将成为夫人，真正的女士，你将住在像童话一样的漂亮城堡里！"

"但我不爱他！"芙劳拉反驳。眼泪模糊了她的视线，她感到绝望。

米利亚姆扔下刺绣，从沙发上站起来抱住女孩。"别哭啊，亲爱的芙劳拉！和爱情有什么关系？爱情会有的！"她说着，连她自己也动了情。

芙劳拉拒绝了拥抱，手捂住脸跑出了房间，好像害怕从那儿到她房间的这段距离里会失控发狂。一进入房间，她就趴到床上哭泣发泄，感觉自己遭到了背叛和羞辱。

她父母发现了不知所措、眼中含泪的米利亚姆，她告诉他们芙劳拉大闹了一顿。他们两个人觉得这样最好：他们的婚姻设计没有任何不妥，米利亚姆的透风正好省了他们自己面对一场悲剧。第二天他们就可以继续这个已经开始的进程，跟她大大方方地谈论临近的婚事，努力用理性的说辞一步步说服芙劳拉。

芙劳拉化悲愤为泪水，坐在桌前给萧写了一封告别长信，信里表达了对他全部的爱，还有为了不嫁给她不想嫁的男人，幻想逃跑。她激动地写了一页又一页，充满了深情与痛苦，自由地发泄着最沮丧的情绪：她说宁死也不愿嫁给一个她不爱的男人，她极力反对。她一边写着，一边又开始哭泣，眼泪滴到墨迹上弄脏了纸。她不在意，愤怒地一边拿纸一边继续写，直到筋疲力尽，伤心地坐在沙发上继续哭泣。

但我们能有多少泪呢？就像被痛苦划开的隐蔽伤口流淌出来的血能流多少呢？芙劳拉心想，她会哭死，心都哭碎。这样，她就没有婚事，而是丧事，这样，她残忍冷酷的家人会感到自责。

夜深了，房间里很冷，床头柜上的灯还亮着，这时萧从窗户进来了。他吃惊地发现油灯快燃尽了，芙劳拉蜷缩在沙发上，而不是躺在床上。他走上前，一只手拂过她的额头，而她用手臂勾住了他的脖子开始低声地哭。

"发生了什么？你怎么了，芙劳拉？"

"我们得分手……婚礼……"她好像神志不清似地喃喃而语。

"我们不分手，芙劳拉。"他努力安慰她，"莱斯特先生会把我留在他身边，我是他生意上的助手，就像你建议的那样。你不开心吗？这是你的主意！"

芙劳拉流着眼泪笑了起来："对，没错！我为你开心。"

"看见了吗？情况会变好。我将会是自由人，我们会结婚，离开这里。"

不过，芙劳位非但没感到宽慰，还开始抱怨起来："但是！你不懂吗？不可能，他，我……"

"他是谁？"萧担心地问。她怎么了？他原本以为莱斯特做的决定会让她开心，可是比起她现在的巨大痛苦，那个决定好像变得没那么重要了。"他是谁？"他看着她，再次问道。看着她面部涨红，眼睛无光，他只想尽量帮她消除巨大的痛苦。

"汉密尔顿。"她低声说。

"他是谁啊？"男孩吃惊地问。

"一个……一个贵族，一个又丑又老还让人讨厌的男人，他想娶我。"她解释，开始有点缓解。萧的出现大大消除了她的不知所措和无能为力。

"你不要嫁给他。"他态度鲜明地说，"他们不能强迫你，否则就是这儿也有奴隶制，在你们家而不是在外面有奴隶制！"但芙劳拉又轻声反驳道："不是你想的那么简单。"

"我不觉得简单，"他抱着她回答，"对我们来说，没有什么是简单的，不是吗？不过，我们是两个人，他们不知道。"

芙劳拉终于笑了，感到心胸开阔，终于气顺了。"对，他们不知道！"她激动地重复。她抬起下巴，看着帅气的爱人的眼睛，嘴唇微闭，放松地迎着他凑上来的唇，开心地吻了起来。

文献记载的重要性

　　没错，我该停下来了。在19世纪早期人们怎么到达印度？真糟糕，无法上网查询！说到简·奥斯汀，她藏哪儿去了？平时她总是在这里对我写的小说指手画脚，现在我急需要她，她却突然消失了。幽灵也睡觉吗？

　　不过，我毕竟是在藏书阁，这里面肯定还有谈论那个年代的书。看安德里安娜姨姥姥对英国那么着迷，你觉得这里会没有好的历史书吗？于是我爬上小梯子，第一次认真观察书架，努力弄明白这么多排的书架上貌似并没有按照什么标准摆放的大量图书：它们难道不是该按照作者姓氏的首字母顺序排列吗？为什么狄更斯①排

---

　　① 狄更斯（1812—1870），英国作家。其代表作有《雾都孤儿》《双城记》等。——译者注

在司汤达①后面？

我立刻意识到还没着手整理书架是个错误，必须承认这是个令人抓狂的工程——十分混乱！比如，一个书架里不仅有所有诗人的作品，还有惊悚小说，可是仔细看看，我发现还有侦探小说。天啊，也太乱了，姨姥姥是怎么在这片混乱之中找书的呢？唯一清晰的就是简·奥斯汀的图书角，她的所有小说及各种译本都集中在一起，还有她的肖像，当然也有所有关于她的评论作品，真多啊！

挨着简·奥斯汀的都是女人写的书：整整一个书架都是按字母排序的，我感觉那些女作家都是英国人。也还有不是英国人的女作家，她们的书都混在一起：意大利的、法国的、美国的、西班牙的……总之，我至少懂得了这个藏书阁就像公共厕所一样——男女有别。

不过，男性作家的也分门别类，因为既有恐怖小说家，又有历史小说家，有的书架上有童话，有的有散文。另外，还有一个书架上都是戏剧，男女作家混在一起，也许是戏剧团？我的天啊，真混乱！

我努力整理了一下思路，想着公共图书馆是怎么放书的，最后才搞明白，英国女作家都放在"英国女性文学"组里，其中有

————————
① 司汤达（1783—1842），19世纪法国批判现实主义作家。其代表作有《红与黑》《帕尔马修道院》等。——译者注

专门的"简·奥斯汀图书区"。不过，这里没有图书馆里的那种指示牌，姨姥姥是靠着记忆，一下子就能准确地找到书的位置。不像我，在书架里摸索着找一本历史书或是地理书。女教师可能没有课本吗？她要是有疑惑，怎么查找资料呢？

没有网络，我感觉自己就像一艘在复杂的图书文献的海洋中漂泊的废弃小船……"我有一个问题，万能的神。"我轻声说。

但神没有应答。

我叹了口气，心里生着气。谁说写小说还需要查阅历史呢？真烦人！谁说我的创作一定得写实啊！我可以编造，说到底，就是写想象出来的一个故事，而不是写一篇真实的新闻报道！那为什么不继续幻想让芙劳拉和萧乘着像阿拉丁飞毯①一样的神奇魔毯逃跑呢？不，不要想了，太荒唐，太可笑了。不过，也许我可以让他们一起连夜逃跑，爱怎样就怎样吧。

这样想着，我把文献查找之事搁在一边不管了，又坐回写字台前，想写两个相爱的人注定要私奔的一章。但我还没和我的书中人物商量好呢。趁着我在躺椅上半睡半醒着，芙劳拉赶着过来对我说："我知道你想怎么干。你知道的，我不会接受家里的这种安排，可连夜跳窗户逃跑到什么地方也不是我的性格。"

萧更温和地打断了她："为什么不，芙劳拉？这是一个好主

---

① 迪士尼出品的爱情奇幻冒险片《阿拉丁》中神奇的飞毯，通人性，可以载人飞翔，随时逃离危险。——译者注

意。我们一起去远方，到一个偏僻的地方生活。"

"你在开玩笑吗，宝贝？"她温柔但十分坚定地说，"你知道你在说什么吗，我的爱人？我们逃跑的后果会很惨。警卫队会找我们，我们得不到家人的认同，这很糟糕。"

"我们可以偷偷结婚，一旦成为夫妻，他们能拿我们怎样呢？"他坚持说，似乎是在帮助我，三言两语就帮我描述了基本情节，结束了这个爱情故事。

"比如，可以设法取消我的婚姻。"芙劳拉坚定地强调。她看起来像是个离婚律师。接着，她继续语气坚定地说："而且就算婚姻被认为有效，但是我怀疑还是得不到父母的认可，即使没被他们找到，你知道远居他乡，像得了瘟疫的人一样隐蔽生活意味着什么吗？"

萧呆滞地看着她："你为什么会觉得像得了瘟疫的病人？我们会平静地过日子，远离这些满是偏见的人。"

芙劳拉摇了摇头："总之，我们会体会到孤独地住在荒野，过着贫困的日子，付出巨大牺牲，还会被厌恶。你愿意一辈子被厌恶吗？"她因情绪激动而声音颤抖。

他犹豫了一下，坚持说："勇敢点，芙劳拉，不要这么悲观。你不觉得我们俩永远在一起就很美好了吗？你不愿放下你作为富家小姐的特权生活在农村吗？我们可以种地……"

但是，芙劳拉大哭了起来："你不明白！没这么简单。种地？在哪儿？土地都是有主人的，在这儿是属于贵族或国王的。人们不能想去哪儿就去哪儿，必须买房子买田地，得有钱，否则就得靠给人打工度日，可是我相信，没有人会雇用我们这样的夫妇。"

她的眼泪让萧屈服了。"别哭了，芙劳拉，我们会有别的解决办法。如果你说这不可能，我相信你，因为你肯定比我这个外国人更了解你的国家，我们到别的地方去。我们跑到法国，你觉得怎么样？你喜欢巴黎吗？"

但芙劳拉摇着头，哭得更厉害了。

太艰难了。她怎么样都不满意！我编的这是什么人物啊？又固执，又不听话。她不满意法国、奥地利，更别提意大利了。我觉得对她来说，到意大利生活更加困难：到亚平宁半岛上的哪个国家？那时的意大利人还在搞反对异族君主制的起义，不少人逃到了英国，怎么能想象一个英国人，不对，是一对英国夫妇，而且是属于不同文明、不同种族的夫妇，恰恰来到正在酝酿起义和暴动的米兰、威尼斯或那不勒斯。可怜的芙劳拉，我确实不希望她是这种命运！

他们二人对着我，她满脸泪水，他请求我指点迷津："给我们安排一种合适的解决方法吧，求你了。"

可这只是说说而已，谈何容易！我又该在藏书阁转悠了，但这次我看到了靠近假火的小桌子上有一本书，是有大图表的地理史。顺便说一句，19世纪的那页有标记。简·奥斯汀没有露面，但她还是在我不知所措时，帮了我一个"小忙"。

好啊，亲爱的米娅。你想当作家吗？虚构倒是可以发挥到一定程度，如果你不想过于荒唐甚至可笑，就得保持一种连续性。你的男女主人公不会乘着地毯飞走，也不会坐上什么外星球的飞船，他们不会打算逃跑，可怜兮兮地生活在荒野，那么你究竟想要给他们设计什么样的未来呢？你是什么作家啊？

那么，看好了，你可以从这里出发：芙劳拉要嫁人去印度，萧要追随莱斯特做买卖，这比从奴隶到在城堡里一辈子做仆人又进了一步。但萧不想让芙劳拉不开心地结婚。他想阻止汉密尔顿勋爵把她带到印度，他得乘船去那儿，但……在那个年代，没有快船，也没有苏伊士运河。要从英国到达印度就得环游全球或渡过英吉利海峡，穿越地中海，在埃及港口靠岸，还有一段在荒漠里的路程要委托给沙漠商队……

第十三章　婚礼和蜜月旅行

在船甲板上，芙劳拉看见了不远处充满活力但无法抵达的港口。由于身体原因，她下不了船——实际上，从出发的那天起，她就因晕船变得虚弱，她一直躺在船舱的床上，几乎不吃东西。

现在船在加的斯港①停泊，汉密尔顿家勤快的女仆陪着她来到了甲板上，她坐在沙发上休息，呼吸着新鲜空气。虽然勋爵很担心他年轻妻子的身体，但他还是下了船，打算给她找治晕船的方法。对芙劳拉来说，他不在就已经是最大的安慰了，她不必忍受丈夫恼怒和厌烦的表情。很明显，他想象的新婚夫妇旅行完全不是这个样子的。

也许，浪漫的旅行应该有宽敞的、布置温馨的卧室，可是他不得不一个人睡，因为芙劳拉一直呕吐、呻吟，很快就住进了关心她的女仆的卧室。

从结婚那天起，他们新婚夫妇二人并没有变得更亲密，还是完全陌生。按照约定，婚礼十分简约，是在汉密尔顿贵族所属城堡的家庭教堂里举办的。芙劳拉痛哭流涕，她和萧研究出来的私奔方案也不能让她开心。那座冰冷的城堡，还有那座更适合举办丧礼而不是婚礼的令人悲伤的礼拜堂，让她深受打击，她和萧一起描绘的看似简单又明朗的蓝图都黯然失色了。

按照计划，芙劳拉假意嫁给汉密尔顿，出发去印度。在她出发几天后，她的恋人会跟着莱斯特舅舅出来做生意，她会在那里和她的情人会合。芙劳拉还不清楚他们在印度如何碰面，也不知道他会做什么，但在这陌生的地方，她只能相信萧，而萧确信一

①　位于西班牙西南沿海，是西班牙南部主要海港之一，属于安达卢西亚大区。——译者注

旦远离英国，到达无人认识他们的国家，就可以更自由地活动，一切都会好起来。

谈到婚姻，萧很明确：芙劳拉要不惜一切代价，始终不和汉密尔顿共睡一张床。这一方面，芙劳拉和萧也想得过于简单：假装生病，不能同床共枕，以头疼为由，这些都是女人常用的策略。芙劳拉了解这种策略，她从小就发现妈妈、阿姨和她周围的夫人们都使用这种策略，而且她们的丈夫们好像也能自然地接受。于是她也打算使用这种看似简单却有效的策略。不过，婚礼那天晚上，她十分恐慌。

她声音颤抖着告诉丈夫她感到难受，头还很疼。他面无表情地听她说，安慰她说她可以在自己的房间休息，不用和他一起睡。另外，至少在贵族家里，并没有规定必须共睡一张床。听到丈夫补充说，凡是没有肉体结合的婚姻都没有效力，芙劳拉内心感到宽慰。肉体结合之事她过去听说过，觉得可怕，不知所措。

"我们还有很多时间。"他嘟囔道。她想得太简单了，她之前还想态度决绝地对男人说，她永远不会和他一起睡，现在不会，以后也不会！

"放心吧，亲爱的芙劳拉，但您得从现在开始习惯跟我一起生活。"

"我说过了，我不舒服。"

"这只是一种自发的抵抗。"他冷冷地说。

要是说前几次见面时她觉得他呆板，那现在她觉得他很可怕。他的脸色煞白，显得憔悴，尤其在灯光照耀之下活像是死人。他抓住了她的手臂和腰想亲吻她。芙劳拉起初挣扎，却被他毫不犹豫地扇了一巴掌。在撕扭中，他的头发蓬乱了，脸颊还有点红。他眼睛发光，还有点兴奋。

"冷静，咱们不是在搏斗。放松，您不要害怕……"

看吧，芙劳拉把自己置于这种悲惨境地。她此刻非常想让对婚事十分满意的妈妈，还有说嫁给这样的男人是何等幸运的表姐妹们看到这个现状。在她们眼里，他看起来既高大又帅气，优雅，精致，温柔，还很年轻！但说实话，芙劳拉觉得他很老，他的年龄几乎大她一倍。说到精致，她觉得那只是表象。在这间屋里，年轻贵族露出了真面目。

"我原以为您会以另一种方式征服我。"她试图理性地说。

"我想要以任何方式征服您，但首先您是属于我的，您也得清楚您属于我。"他断然地说，抱住了她，芙劳拉别无选择，只得在他的怀抱中昏倒过去。

她像死了一样倒下去，都没有叫一声，汉密尔顿大人害怕极了，把她放在床上，然后跑出去寻求帮助，留下女仆照顾她。他从此再没出现在这个房间里，一则是因为他很失望，二则是相信晕倒属于年轻且敏感的新娘的正常反应，或许是她过于习惯被当作孩子的家庭生活。在离家远行的旅途中，她本可以更轻松、更享受。

至于芙劳拉，她恢复神志之后，就发誓决不再遭受那样的侮辱，带着这种坚定的意志，带着不眠之夜的伤心与惶恐，继续随同丈夫出发了。而他却很高兴，因为他们在港口搭乘的是类似庄园的大船。

刚一出发，芙劳拉又开始呕吐、冒汗和紧张不安。汉密尔顿叫来了医生为她把脉，医生诊断是晕船，并开了一些药。

"芙劳拉，您真是让人期待啊！"汉密尔顿说着，对从一上船开始就处处不顺的结婚旅行心生厌烦。但这次，他没敢坚持，也不敢强迫新娘。芙劳拉的情况确实让人怜悯，汉密尔顿希望过了英吉利海峡进入地中海这片平静海域后，航行能更顺利，芙劳拉也能更习惯船上生活。

这时，他决定下船到陆地上消遣一下，玩了差不多一天一夜，因为芙劳拉清楚地听到她隔壁船舱的门在黎明时分才被打开。女仆在沉睡，芙劳拉不能再浪费时间了。旅行是真正的痛苦，她完全明白，如果她的状态变好会发生什么。她必须快点离开，跳入海中，而不是继续待在船上，跟这个男人待在一起。她披上一条披肩，带上首饰和钱财，悄然离开了。

在去往码头的通道上，一个警卫员拦住了她。

"请您让开。"她坚定地命令他。

"没人可以离开船。"

但她拿出一个金币，他就放她过去了。"感谢您的帮忙。"

那个人把金币放进口袋里，让芙劳拉走过踏板，匆匆下了船，消失在港口的小路中。

"我很抱歉，亲爱的米娅，但这无法让人接受。"

简·奥斯汀的语气更尖刻。她又生气地出现在了藏书阁。她的额头上甚至因为皱眉而出现了竖纹，新写的这一章确实震惊了她。

"为什么难以接受？"我吃惊地问。

"一位英国女人孤身一人下了英国船，还贿赂卫兵，这是绝对不可能发生的。"

"好吧，但我们不是在现实世界，这是小说！"我知道我的反驳很苍白，从那些拒绝按照我的思路发展的小说人物就能看出来了。我完全陷入了困境！不过，我们难道没有写作和想象的自由吗？

"任何读这个故事的人，看到芙劳拉的行为，都会觉得可笑又不现实，因此也就会合上这本书，说它太荒唐。"她非常激动地说，"幻想会偏离现实，而想象会帮助我们扎根于现实。"

我脸色阴沉。她的责备伤到我了。我觉得自己的想法很有意思：芙劳拉终于开始行动，逃离丈夫的魔爪，然后可能乔装成图阿雷格人①逃到沙漠商队中。但我很快就因幻想过度而遭受了打击。

"那按照您的想法，芙劳拉不应该从船上逃跑？"我生气地嘟囔。

"她不能，也不会。另外，我想就这一点说说我的想法。汉密尔顿大人怎么可能会如此残暴地对待她呢？他可不是粗鲁的男人，是个绅士，至少你前面是这样写的。那他怎么会变成这么卑鄙的人呢？"

"但这也有可能啊，"我自信地说，"这跟身份没有关系。绅士总是有极大自由的，不会对女人，也不会对他们的妻子有所拘谨。"

"我不知道你是怎么了解到这些的，你还这么年轻。"她又大声地说，"我觉得你偏爱夸张、阴郁和悲剧的幻想。但为什么你觉得有必要写这么一个像热门小说中的通俗场景来震撼读者呢？让他们同情可怜芙劳拉吗？芙劳拉作为聪明、能干、出众和自立的人物不是更好吗？我不明白……"

"芙劳拉是个聪明人，但她不自由，现在是您在对我强调这回事儿，她不能自己行动，自己离开。在她家，她听从父母的话，现在受丈夫的支配。她要是不跑，还能做什么呢？"

---

① 撒哈拉的一个游牧民族，居住在阿尔及利亚、利比亚、尼日尔和马里几个北非国家中，有近百万人。——译者注

简·奥斯汀皱着眉头沉默了一会儿。我想继续说，但觉得不是时候。她很生气，好像在思考是否还应该帮我。最后，她叹了口气，温柔地说："啊，米娅，米娅！你觉得你了解了一切，是吗？但你会因幻想过多而迷失自己。你已经找到了一种解决办法，你牢牢抓住了它，但你却把它变得更复杂、更难以理解，只求冒险：逃跑！事实上，芙劳拉感觉非常不好，当然，她还会继续难受，甚至可能更糟，你不觉得吗？特别是她不快乐，害怕和丈夫独处，害怕永远见不到萧，还担心接受必须接受那个不可实现的计划……"

"对啊，当然！当然！"我惊呼，对老师的话深表赞同，"芙劳拉身体会更糟，她发着高烧，甚至神志不清，被迫下船，要是恢复……"

"可能会。"她简短地说。幸好她额头的皱纹消失了。在灵感消失前，我赶紧把这章修改成以下版本：

芙劳拉能清楚地听到黎明前隔壁船舱门关闭的声音。她一整夜处于半醒半睡的状态，神志不清。她对过分相信萧的话感到后悔，她天真地以为能像处朋友那样对待婚姻，她好像输掉了一场游戏。她确信一切还会更糟，她往后的余生都会扮演一个她不想演，而且非常不开心的角色。这些忧虑使芙劳拉的身体状况十分糟糕，以至于可怜的女仆听见她胡言乱语，伤心哭泣，女仆十分恐慌，便试着用凉水缓解，并在她汗淋淋的身上涂抹薄荷油，因为她的高烧十分严重。

女仆紧张地去敲主人的门，汇报了夫人愈加糟糕的情况，说她急需一位医生，因为她好像要死了。

第十四章 萧继续他的冒险

在芙劳拉经历这番悲剧的同时，萧跟莱斯特舅舅正在另一艘双桅船上。可能因为他是芙劳拉的近亲，也因为她对他的信任，萧不只是尊重他，还开始对他产生了好感。这个男人的吹牛让他开心，而且萧也意识到，恰恰是他的虚荣心、野心和利益追求，使他毫不犹豫地改变了他把自己当礼物送给新婚女儿的想法，这样才能带着自己去非洲大陆和其他国家，跟黑人和白人做生意。对莱斯特来说，带着受到英式教育的黑人男孩旅行是为了炫耀自己的教育能力，除了作为精明的商人，也是他仁爱的最好证明，甚至是某种预见能力——黑人要是不遭到暴力或被贩卖，而是受到优越的教育和文化的熏陶，世界会是怎样的。

于是，在旅行过程中的大部分时间，舅舅不只和男孩讨论未来的生意，还津津有味地教他下棋。

他们是在芙劳拉婚礼后的两天出发的。说实话，莱斯特本该早点出发，但因为外甥女突如其来的婚礼，他不得不推迟了行程。那场婚礼举办得既匆忙又简陋，对于这样光彩耀人的十五岁的外甥女，真该举办一场更盛大的婚宴，他对此真是无法理解。但勋爵妻子的家人很奇怪，也许还很吝啬。换作是他，他才不会让女婿决定一切，管他是不是贵族！另外，他至少希望芙劳拉还是有点开心的，可她在婚礼上面露不快，还哭得撕心裂肺，连他这么不易伤感的男人都震惊了。不过，之后，他还对忠诚的萧说："芙劳拉，我的外甥女，你肯定还记得，她在婚礼那天十分激动。"

"激动？什么意思？"萧问道，看得出来他很在意。

"她哭了。你知道，所有新娘都会哭。"他简短地向他解释。

"哭了，怎么会？哭了很长时间？"萧坚持问。

"你不用为她担心。"莱斯特更严肃地说，"我知道你觉得她很讨人喜爱，她为你辩护，她甚至为你找理由，你感激她没错。但她的选择与你无关。她会拥有高贵的身份地位，那是真正的财富。她会学会快乐的。"

萧没有回答。一方面，他觉得芙劳拉结婚不开心是好事，因为她的婚姻只是一种强加，而不开心则会让她始终与丈夫保持距离。但另一方面，他对不能为心爱的芙劳拉做点什么而感到绝望，芙劳拉是又甜美又快乐的女孩，她让他从焦虑、害怕、悲伤中走出来，还给他带来了希望与未来。尽管困难重重，但只要他有机会，他就会立刻跑到她那儿，让她摆脱骗子丈夫和她虚荣、贪婪的家人，他会带她逃离这里……可她对他说这样的逃跑不会有好下场，需要计划——就是那糟糕透顶的婚礼和旅行。但至少能在遥远陌生的地方上岸，那里没人认识他们，也找不到他们。

就这样，萧严格地按照计划进行。起初，莱斯特舅舅打算到美国，但萧说服他放弃那条航线，开辟东方市场。莱斯特接受了他的建议，与印度进行更密切的合作。虽然他不是英国人，也不知道欧洲政治新局面和奥斯曼帝国的衰落，但男孩的直觉正好与莱斯特了解到的伦敦的经济情况相吻合。

因此，舅舅很快就决定去开辟孟买这条新航线，快速通过由英国舰队控制的地中海，在亚历山大港上岸，然后又继续乘船经过红海到达印度。这条航线比绕过非洲的航行更快速、更安全。他甚至还想象着回来时，在受英国保护的解放了的希腊停靠一下。到了那儿，还需要在博斯普鲁斯海峡再建立商业联系……总之，没错，萧什么也不懂，但他说得对，就像神谕一样。也许就是基因里的东西，舅舅想到人们说黑人更原始、更古老，与深不可测的奥秘相连，不过，只需一个理性思维的头脑就能解决问题了。

就这样，萧十分欢乐轻松地旅行，途经大西洋，抵达加的斯港。芙劳拉乘坐的船也在这儿停泊过，如今已经驶向地中海。莱斯特和萧到了陆地上，全然不知几天前这里发生的悲剧。他们在港口附近车水马龙的路上活动一下，吃过午饭，舅舅命令男孩回到船上，自己却待在陆地上寻找可能存在的商机。等萧回到双桅船上，听到了几个英国水手的对话，他们在谈论一位被匆忙带走的年轻女士，其中两个水手笑着说："不知道他们会把她带到哪儿，在加的斯这个弹丸之地，肯定不是去医院，富人是不去医院的。"

萧感到心跳加速，他走近一问，得知是个年轻夫人，就在几天前，因为病重而靠了岸，叫了一辆马车，被担架抬着上了车。真是令人印象深刻，也许因为那是结婚旅行吧。

"你们知道那位女士叫什么吗？"萧不安地问。

二人摇了摇头。

"她会在哪儿呢？"

两个水手互相看了一眼。"你为什么对这件事这么上心呢？难道你认识她。"

萧没回答，转头又上了岸，心想这次一定要找到她，并不惜一切代价把她带走。

魅力藏书阁

今天算是什么周日啊！这是我在这个有幽灵出没的房子里度过的第二个星期天，我发誓，这也是最后一个。我答应克劳迪娅再待两天就乘大巴回家，回到家人身边（我想妈妈和爸爸！）。肖恩肯定也度完假了，他正等着我回家，真不知道他见不到我的这段时间该有多担心！我觉得他不会相信我在农村隐居的经历，一个连定位系统都定不了和接不通电话的地方，而我确确实实就在这里。这个地方也证明了确实存在神秘的引力空间，就像连船和飞机都会失联的地方——百慕大三角①。

另外，克劳迪娅对一个当地人热情得令人尴尬，并且很快就

①　地处北美佛罗里达半岛东南部，具体是指由百慕大群岛、美国的迈阿密和波多黎各的圣胡安三点连线成的一个西大西洋三角地带，每边长约2000千米。——译者注

发展成了恋情。这证明我们没隐居，相反，这里还有围着没有男友的女孩献殷勤的男士。

对啊！这两个从小就认识的中年人，现在玩起了"回忆杀"。

"你还记得我奶奶常去的送牛奶的那家店吗？那时候还卖散装牛奶，你记得他们把牛奶装进饭盒了吗？"法布里奇奥怀念着问，克劳迪娅发出颤音（嗯，就像彼得·潘[①]的铃铛）："你说什么？我记得牛奶是放在金字塔形的四角包里的，你老得忘事啦！"

"你说什么呢，不就比你大了两岁嘛！"他还是语气温柔地说道。

恋人的对话真让人反感！我和肖恩也是这样吗？反正我不觉得，他特别英式，而且幸好我们没有共同的童年回忆。我们当然不会分手，所以三十年后也不可能会在像我现在这样的女孩子面前扯这类闲篇。

总之，今天周末，农学家带着甜点来吃午饭，不一会儿，他就表现得十分痛苦："小克劳迪娅，你知道这是我在哪儿买的吗？在荷马的甜品店，你记得荷马的甜品店吗？"

"可这家店没有了啊。几天前我去过。"她说。不过，对话并没到此结束，接着看吧！

———————

① 詹姆斯·马修·巴利的小说《彼得·潘》中的主人公，讲述的是初到梦幻岛的孤儿彼得·潘，与新朋友胡克、虎莲公主一同向海盗黑胡子发起挑战的故事。——译者注

"荷马不在了，可他还有孙女，那个漂亮的女孩，你记得吗？"

"嗯，现在确实漂亮……"克劳迪娅嫉妒地拉下脸来。"对，可爱，她多大啊？二十岁吧？她要是二十岁还不可爱……"

"你之前不算可爱，"他顿了一下，克劳迪娅的目光里透出了愤怒，"你之前是特别美丽，现在是更漂亮。"

克劳迪娅紧绷的表情又变轻松了，变成了一张充满快乐的脸。"你真好，谢谢。"她做作地回答。

你看，没人拒绝得了奉承的话！不过，不过……肖恩说我穿牛仔裤或衬衫或卷头发好看时，我跟她的反应也确实一样。当然，他没那么夸张，他只对我说："很可爱。"但肖恩说得更坚定，更温柔，更性感，而法布里奇奥看起来笨笨的，甚至还像中学生似的脸红。

总之，大家知道我的处境了吧？我坐在那里板着脸看着这场景，却无法逃脱。我习惯性地看手机，打了一会儿字，手机黑屏了几次，但莫名其妙地又恢复正常了。不过，这个东西真的比简·奥斯汀还死气沉沉。我感觉简就在客厅的窗帘后面愉快地观察着我们。不知道怎么的，我总觉得她在盯着我，像间谍一样窥视着我。

我盼着这所谓的周末午餐赶紧结束，回到自己家，远离这对情人。但在我离开前，也就是我们还在品尝有名的荷马甜点时（甜点铺老板的侄子是首席甜点师，是那个二十岁漂亮姑娘的未婚夫，这里我就不说细节了，否则真说不完了），克劳迪娅特意转向我，让我参与关于安德里安娜姨姥姥家的"惊人的计划"的讨论。

"我也想听听你的意见，米娅，你知道这对我很重要！"

从何时开始？我心想，我们俩之间的关系并没有很亲密。她是我妈妈的闺密，小时候，她就经常来我们家。但不能因为妈妈不在这儿，我就成了她的助手吧？

希望她明白，对我来说，就算她有世界上最惊人的计划，也跟我毫无关系。

她像大山雀①似的继续说："我想把这儿变成sciam旅馆！"

"变成什么？"我拉着长音说"什么"。我理解得对吗？一个sham旅馆，假旅馆？什么意思？

"对，ciam旅馆！"她纠正。

"sciarm②。"法布里奇奥帮她说。

"charme，魅力吗？你想说什么？"我想进一步明确，我较起真时，真的很吹毛求疵。

"专为欣赏这个地方，房子，家具……还有藏书阁的客人打造的别致旅馆！"她停顿了一下补充说道。

"啊，不，藏书阁，不行！"我不安地喊道，想到可怜的简·奥斯汀会被穿着帆布裤和夹脚鞋，好奇地穿梭在书架间的游

---

① 一种中小型的鸟类，体长13~15厘米。——译者注

② 此处为法语，意思是有魅力的。——译者注

客打扰，真可怕！

"为什么不行？"法布里奇奥好奇地插嘴问道："开放藏书阁不好吗？既然你已经对它了如指掌，那你就不会愿意让书在那里发霉，而是喜欢让人阅读那些书籍……"

"但那里面有珍贵的东西，不能对游客展示。"我严肃地说。这个法布里奇奥想干吗？说话的口气好像他是这个家的主人似的。

"珍贵？"他好奇地说，"旧书吗？"

克劳迪娅满足地赞同："当然。姨妈的典籍浩瀚……"

他又提出："也许我们可以让一些东西升值，像古董一样卖掉，你觉得呢？"

"不好意思，克劳迪娅，你打算卖安德里安娜姨姥姥的书吗？这就是你让我分类整理的原因？"这时我真庆幸我什么都没整理，还是让他们两个贪婪的人去整理吧。

"你说什么呢，小米娅？"

天哪，这昵称真让我紧张！我正要说我觉得她叫错我的名字时，她连忙有点发音含糊地说："我什么也不想卖，房子、书，这些都是姨妈很在意的东西，我想保存她的记忆。不过，亲爱的，你知道的，维持这个房子花费很高，当年时代不同，姨妈不用交现在这么多费用，再说她是一个非常简朴的人，一个学者……"

我打断了她的赞美之词，挖苦地说："对啊，要是她还活着，她也得变成旅店老板。"

"不对，这儿没人想当旅店老板，"法布里奇奥不知是以什么身份插嘴，俨然一个遗嘱执行者，"只是不想让房子荒废掉，而是让它能有所用。"

"因为有一件事是很清楚的，就算我不想卖掉，我的姐姐也可能会尽快出手。"克劳迪娅得意地说。

"解决办法就是把它变成一个好的中继器。"他又说，而她对他露出了感激的笑容。

"这不是妙招吗，小米娅？"

我感到自己是嘟哝着回答的。

"法布里的主意。"她着急地告诉我，紧握着农学家的手，就像宙斯①看着刚诞生的女儿雅典娜②一样欣赏地看着他。

"不过，还可以有另一种解决方法。"我说。我感觉不是我在说话，而是声音自己就发出来了。

"真的吗？什么办法？"农学家遗嘱执行人问。

"把它变成国际研究中心，尤其是研究简·奥斯汀的，藏书

---

① 希腊神话中的第三代神王，统治世间万物至高无上的神，奥林匹斯十二神之首。是希腊神话中最伟大的神。罗马神话中对应的是朱庇特。被称为"众神之王"或"奥林匹斯之王"，同时也是天空与雷电之神。——译者注

② 古希腊神话中的智慧女神和战争女神，奥林匹斯十二主神之一。她也是艺术女神，手工艺的保护神。——译者注

阁里有她的珍藏本。"

他们迷惑地看着我。

"研究中心？"他以嘲笑的口气说，"你知道这意味着什么吗？这种地方要花费一大笔钱，通常会交给不善管理的公共机构，最后慢慢地就废弃了。"

"别提了。"克劳迪娅挥手立马补充道，"我拿不出一分钱。"

"那魅力旅馆谁办呢？"我又问。

"很简单，去银行贷款，几年后就还了。手续快，还能增值。"

"我好像明白了，你们俩认为文化不会带来收益。"

他们相互看了一眼，刚要开口说话，我就总结说："亏你们俩还都是老师！"

我站起身来，嘟囔着说些没用的话："不……不该这样……"

我沿着小路走进树林，真不知道回到房子里该如何跟我的朋友简·奥斯汀解释，她很快就会被穿着短裤的人群骚扰。

我很生气，走得飞快，不一会儿就全身冒汗，像刚跑完马拉松一样。现在是一天中最热的时候，灌木丛和树之间没有一丝风。

于是，我在林中空地找了一个树桩坐下。周围灌木茂密、错综复杂，显然无人打理这个地方。就我目前走的这条小路还算干净，也许是路过的猎人修剪过树枝和灌木丛吧，而其余地方杂草丛生，还有大苍蝇的嗡嗡声。谁说农村漂亮的？我对农村可没什么好印象。不仅没让我感到舒适，反而让我恐惧，万一野猪来了怎么办？会有毒蛇吗？会有胡蜂咬人吗？还有这些围着我飞的小蚊虫……"走开！走开！"我晃动着手，歇斯底里地尖叫。

"应该是我对你说'走开，走开'！"一个熟悉的声音在说话。是她，芙劳拉。都这个时候了，她也不忘叨扰我。

"求你了！"我愤怒地说。

"你觉得我在生病住院时逃跑合适吗？"

我没回答，我知道这都是我的想象。她不存在，我想。"你在加的斯生病是因为我和简·奥斯汀的决定，但要是你愿意的话，我马上返回去，坐在写字台那儿，让外星人的宇宙飞船带你走，把你带到一个你将成为女王的星球，你会像女神一样生活。"

"别开玩笑了，你说的是什么傻话。"她说，就是她这句话让我生气。

编故事完全是愚蠢的事。为什么我要写她和萧之间的这种不可能的爱情故事呢？有什么意义呢？谁在乎呢？

"我在乎，因为我是主人公。"芙劳拉反驳我，"你还得注意到一些东西，你讲述的两个年轻人之间的爱情，在地位和财富差距悬殊的年代，而且那个社会里占优势的是伪善、闭塞、闲话、偏见，甚至种族主义还有什么科学证实。"

啊，是啊。好像芙劳拉比我和简·奥斯汀知道的还多，简·奥斯汀都没提过种族主义。

"对，我这么做是因为萧的故事就取材于我男朋友肖恩，他是印度和非洲混血。总之，就像在谈论他祖先那类人似的。"

"所以，我大概就是过去的你那类了？"她略带讽刺地问道。

"我意识到你们两个超出了我的掌控。"我困惑地说，"所以，需要你们自己决定想做什么。"

她说："你要是在这儿袖手旁观，我和萧当然什么也做不了，你不觉得吗？"

我本以为故事是作者编造的！我叹着气站了起来，走上了回家的路，我一路上没停下来，一直走进房间，拿起纸笔撰写芙劳拉和萧的故事。

第十五章　芙劳拉与萧的重逢

加的斯的一位医生紧急地给芙劳拉做了检查，他让她在一个贵妇人家里，在简朴却半空着的楼房里休养，不过，汉密尔顿勋爵和他的随从，也就是他的女仆和贴身侍从也能在这儿住下。汉密尔顿想等芙劳拉情况稳定下来再继续旅行。事实上，除了晕船，医生也没诊断出特别的病，他想着芙劳拉休息几天就会稳定了。因此，汉密尔顿决定不写信通知芙劳拉的家人她生病的事，等到了印度之后再说。

可是，她的情况没有稳定下来，高烧也没有降下来的趋势，新住处也没能对她产生什么积极作用。

过了三天，汉密尔顿开始焦躁起来。在印度的买卖很着急，他对他的处境感到厌烦又无能为力——他娶了一个年轻又多病的女人，旅行一开始，她就虚弱到病倒了。很明显，她父母隐瞒了女孩体弱的事实。另外，他刚靠近床沿试着抓她的手时，芙劳拉就很激动，她挣脱，蜷缩起来，迫使他尴尬地离开。不能再这样继续下去了！他非但不被感恩，还被赶走了。他印象中加的斯是友好而充满活力的城市，这次却感觉不那么让人喜欢，到处都有粗鲁的士兵管控着。去年，加的斯的统治者遭到谋杀，好客和信任的氛围大不如前，来往船只的减少也就不值得惊讶。另外，世界好像正在发生天翻地覆的变化。当然，赶去印度巩固贸易合作自有道理，因为人们猜想接下来的贸易将会增多。还有一个原因让他无法安心地待在这个曾经能令他感到安全和愉快的西班牙城市，那就是现在芙劳拉的身体状况很差！

夜幕降临，正当他在考虑这些时，莱斯特家的侍从毫无预兆地出现了，好像是上天派来的救星。汉密尔顿张开双臂欢迎他。

"萧！您的出现真是出乎意料！发生了什么？"

男孩的脸上表现出不安，好像听到了芙劳拉可能过世的消息似的。

"我偶然在港口听说一位病重的英国女士，我想可能是芙劳拉。我在医院里找，我问了……"这些原本该说的话被他憋在了嘴里，脱口而出："她怎么样？她在哪儿？"

"她……好点了，我只能说，比在海上好点。"汉密尔顿谨慎地回答。

"她在哪儿？"萧眼睛闪烁着再次问道。汉密尔顿有点怕他。那个男孩在想什么呢？

"在休息。"男人说，开始整理思绪。为什么是她舅舅的侍从来了呢？莱斯特在哪儿呢？

"您带我去看她。我得见她！"萧激动地命令。

汉密尔顿皱起眉头。什么时候开始侍从敢用这种口气跟他说话了？"您有资格吗？"他问。"做好自己的本职工作，年轻人。汉密尔顿夫人不能被打扰，更不能被仆人打扰。"

萧冲上去，抓住他的衣领，咬牙切齿地说："您要是不带我去见她，别怪我不客气。这可不是在您家，您在这里什么也不是，就像我一样，只是一个外国人。走，带我去见芙劳拉。"

"我要让人逮捕您！"另一个被卡着脖子的声音威胁道。

"要是芙劳拉死了，您就得进监狱，或者更糟！"萧仍然抓着他，说道。虽然他比汉密尔顿矮，却能抓住他并把他提起来一点儿。勋爵感觉脚不着地，又害怕眼前的人发怒。很明显，他是莱斯特派来吓唬自己的。可他是怎么知道他们在这儿的？他是个魔鬼，经历过大风大浪，他知道怎么混进来。汉密尔顿心想，竟然跟这路人结了姻亲。

他屈服了，微弱地说："在上面的公寓……"

"给我带路。"萧说。

于是，汉密尔顿被男孩拎着衣领陪他到了妻子的房间。女仆一开门，萧立刻放了汉密尔顿，把女仆推出去，自己进了房间，锁上了门，冲到女孩的床头。女孩躺在床上，脸色惨白。

"芙劳拉，我的芙劳拉！"萧抱住她小声说。

女孩迷糊地嘟囔道："是你吗，我的爱人？"

"是我，我来接你了。可怜的芙劳拉，他们对你做了什么？发生了什么事？"

她睁开眼睛，张开双臂搂着萧的脖子。"没什么，海上漂着，旅行熬人……现在我好些了，萧，我好些了！只是……他还在那儿，还有他们……我们怎么办？"

"我马上带你走，芙劳拉，我抱着你。他们不能阻拦我。他就是胆小鬼，在这儿，他没法下命令。"

芙劳拉开始又哭又笑："我的爱人！你竟然追到这儿了！我到不了印度，而你……你怎么知道我在这儿的？"

"我不知道。只是老天出手相助了我们。"

"对，有些情况凑巧，有些人爱我们，保护我们……"芙劳拉兴奋地说，"会帮我们离开这儿。"

"对，你可以起床吗？"

她慢慢坐了起来，下了床。她感到头晕恶心，但她努力站直。"我可以的。"

萧帮她穿上了衣服，提上了鞋子。他想，门外的汉密尔顿不会不作为地等待，一定会叫来帮手。萧拿起床脚的一根棍子，让芙劳拉拄着它走路。

萧拿起另一根棍子打开了门，芙劳拉躲在他身后。门外，汉密尔顿的侍从和一群西班牙仆人在等着。勋爵不在，芙劳拉的女仆在不远处观察。

"你最好放下那根棍子。"侍从说，"我的主人已经报警了，警卫很快就会来抓你。"

"首先，你们得拦得住我！"萧跳出门说，把芙劳拉留在门槛里。他挥着棍子面对着三个仆人，就像面对一群猎犬。

三个人慢慢地后退。萧朝前跳了一步，挥动着手里的棍子，第一棒精准地击中了一个侍从的膝盖，令他尖叫着倒在了地上；接着，又击中了一个仆人的锁骨，使第二个人重重倒地。然后，第三个人被打中了脖子，也应声倒地了。

他迅速返回芙劳拉身边，搂住她的腰，扶着她。

"他们会抓住我们的。"她不安地说。

"走着瞧吧。现在当务之急是离开这里！"他果断地发出命令，把她带到了楼梯口。她艰难地下楼，正当他们穿过大厅时，莱斯特舅舅拦住了他们。

"芙劳拉！萧！这儿发生了什么？"他不安地喊叫。

"舅舅！"她喊着冲向他。舅舅立刻接住了她，她在他怀里哭着说："亲爱的舅舅！萧救了我……汉密尔顿想杀我……舅舅……求求您救救我！"

"亲爱的芙劳拉，我的孩子……"舅舅看到她如此脆弱不堪，几乎认不出曾经熟悉的充满活力的女孩。"汉密尔顿在哪儿？"

"他去叫警卫，要阻止我带芙劳拉走！"萧说。

同时，莱斯特舅舅转向正等候他发令的两个西班牙侍从："她是我的外甥女，那是我的助手。"

汉密尔顿的仆人们互相看了看，认为最好还是让这些英国人自己解决家庭纠纷，于是就退出了这个是非之地，任凭他们三人离开了住处。

"我有一辆马车。"舅舅说。然后又转向萧问，"告诉我，你是怎么知道……"

"您呢？"萧反问道。

"很简单，沿路问路人是否看见一个着装漂亮的黑人不难。"

他们上了马车就直奔港口，芙劳拉担忧地问："舅舅，汉密尔顿会追上我们吗？会伤害我们吗？"

"亲爱的，不要担心，只要你上了船，从今往后就在我的保护之下了。"

"但我是他的妻子。"

"你很快就不是了。"舅舅皱着眉说,"真是个天大的错误,但法律会补救的。"

在他们都上了船,起锚开船后,莱斯特才去找萧,这时已经入了夜。芙劳拉被安排在船舱里休息,她感觉好了很多,她的脸确实恢复了生气,人又开朗了起来。

"所以,孩子,你现在对我说实话。"莱斯特盯着他的脸说。

"莱斯特先生,我爱芙劳拉。"

"好吧。这我之前就知道,你是怎么找到她的?你怎么知道的?"

"是一次……但您看,先生,芙劳拉也爱我。"

莱斯特盯着他的眼睛,沉默不语。他认真思考了那些话,无须再问其他了。爱情!这是多危险的词汇。它有多少意思,它造成了多少矛盾的情感,心中那些疯狂,有多少甜蜜能说出,有多少残酷要隐藏,最后还会让自己的生活变得更复杂!爱情这个词和它的动词——爱,能引起比热带飓风更严重的风暴。她爱我,我爱她。他也曾经说过相同的话,但他却没有同样的激情,没有萧眼中的那种坚定。一种像是疯狂的光,如果说这种爱就是疯狂,那么这两个天真无邪的年轻人,尽管如此不同,相差甚远,却又彼此呼唤,相互寻求,为了爱而不顾一切。他也曾谈情说爱,但那个时代不同,遥远,早被忘却,很难找寻。对他来说,爱就像没那么痛苦的病,但却灼烧着萧和芙劳拉的内脏,如果再把他们分开，他们就会为爱香消玉殒。

之后，船扬起了帆，朝着晴朗的地平线行驶，持续而平静的顺风推着他们的船到达开阔的海域，预示着他们会有一次快乐的旅行。

"我们换条航线，"莱斯特说，"绕着非洲航行。"

"改变航线？"

"谨慎。你记得象棋中该如何走吗？"他冷冷地问。

"移动塔保护王后。"萧敏捷地说。

"要不是你这么聪明，我早就把你卖到西班牙了。"莱斯特嘟哝道。

"要不是您人这么好，下象棋您早就输给我两千次了。"另一个笑着说。

船头转向了南方，沿着萧的祖先所生活的古老大陆航行，他的祖先将为他们的长途旅行和他与芙劳拉展开新生活祈福。

完结！

我写完了，写完了！天哪，待在自己房间都不得安宁，有人敲门！我把散乱在床上的稿纸收集起来，把它们放到了床头柜上，才问："谁啊？"

肯定不是简·奥斯汀，她是穿门而入，进进出出都随心所欲。

"是我，小米娅……嗯，米娅……"是克劳迪娅抹了蜜似的声音。

天哪，她还想怎样？我不是说了我想静静吗？至少在我明天卷铺盖离开这个折磨人的地方之前吧。

谁能想到我在这栋偏僻的房子里会如此紧张呢？藏书阁、简·奥斯汀、小说、孤独，比起我来，赫拉克勒斯的劳累①又算得了什么呢！

"米娅……亲爱的，不好意思打扰你，但我有一个大大的惊喜给你！"让人烦躁的克劳迪娅说。从她敲第一下门时，我就神经紧绷。一个惊喜？还是"大大的"，能是什么？是她亲手做了蛋糕吗？还是她和拙劣的农学家在花园里赞美的那把名字难听的臭草，比如小豆蔻或蒲公英？

我跑了两步到了门口，转动门把打开了门，嘟囔着："让我看看这个大大的惊喜是……"我没说完就止住了。

他出现在我面前：萧，我是说肖恩，我的真实的肖恩！

"是你，我的爱人！"我像小说中的芙劳拉那样说。

———————

① 赫拉克勒斯是希腊神话中的大力神，是神王宙斯与凡人阿尔克墨涅的私生子。他剥下了尼密阿巨狮的兽皮，杀死了九个头的大毒蛇和巨蟹，生擒了刻律涅亚山上的牝鹿，活捉了厄律曼托斯野猪，打扫了奥革阿斯的牛棚，赶走了怪鸟，驯服了克里特岛上的公牛，制服了食人马，得到了女王希波吕忒的腰带，拿到了金苹果，战胜了地狱的三头狗，完成了十二功德。——译者注

他紧紧抱住我。"我亲爱的米娅！"

克劳迪娅在一旁，好像被魔术药水变小，然后悄悄地消失了。

我们在门口紧紧抱住，然后一起进了房间。我要是知道他来，一定会好好收拾收拾自己——洗个头，穿上可爱的衣服。可是现在的我还穿着短裤，浸满汗渍的衬衫，房间里像战场一样——床没收拾，到处是衣服和书。不过，还好他只看着我。

"你真漂亮。"他对我说，"我昨天和克劳迪娅通了电话，问她怎么到这儿来。她跟我保证不告诉你。"

"啊，那她做到了，有时……"我本想继续说下去。可现在他在这儿，谁还在意克劳迪娅呢？"我都想好明天就出发回家了。离你那么远，两周时间太漫长了。"

"来，你再说一遍，我没听清。"他抱着我说。

我没重复，却给了他很多个吻。我觉得好像有十亿年没见到他了，我觉得他是地球上最帅的男人，突然出现在我面前，他是被我那不知道写没写完的小说唤醒的，也许还能继续写，但到了一定程度，所有小说都该有个结尾，就在那儿完结，而未知的生活还在继续。

那么，简小姐，请您原谅我，我现在要离开您、您的女主人公和您那些优秀的小说了，它们会让人浮想联翩，但它们不能代替真实的爱，不能代替紧紧相拥，甜美亲吻，还有两颗心在一起跳动的感觉。

过了一会儿，肖恩好奇地问我：

"这些手稿和这些书是什么？你在研究？"

被他抱着，我就像躲在壳子里的蜗牛，小声说："我写了一部小说。"

"在这么短的时间里？恭喜你。"他亲吻了我的头。

我怀疑他不相信我，便说："对我来说，像是有无尽的时间，而且我没干别的。我知道要写一个这么耗费精力的东西，得非常集中，还得单独待着。"

"真的吗？"他问，据我所知，他在写跨时空的冒险故事。但他是为了娱乐，只在业余时间写，而不像我集中精力写。天啊！肖恩能同时做许多事：打篮球、学习、写小说、跟朋友出去玩，还得安抚我。而每件事他都能做得很好。

"当然。你看到我们这里是怎么样的了吧。"

"但你不是该在楼下的藏书阁里进行图书分类吗？"

"你听着，我一本书也没整理。克劳迪娅肯定很失望。"

肖恩盯着我的眼睛："你说什么呢？你上楼前，她让我看了你干的活儿，她非常满意。所有的书按照作者、性别、类别整理，令人抓狂的事……也就是图书馆管理员的事……你可没跟我说过你会做图书管理员的工作。"

"可，不……"我想接着说：是我啊！但是她在他的身后，可怕！简·奥斯汀对着我眨眼。我眨了一下眼，好啦，她走了。

天哪，我现在也有了幻觉！

"这不，你总是说你不会这不会那，可你是我最强大的米娅！"他紧紧抱住我。就算我想说，我也不能说那本书不是我独立完成的，还有别人的帮助，肖恩拿起我写的小说，吃惊地看着我："啊，都是用手写的！用水性笔写的！大概是老古董了。"

"不是水性笔，是羽毛笔！"

"你太棒了！"他使劲亲了我，然后对我说，"我也要给你一个礼物，一个小东西。我让你听一段。"他伸手从牛仔裤里掏出手机，塞给我耳机，音乐里唱着：What is this thing called love，你说的爱是什么东西？

歌曲很伤感，讲的是两个不能在一起的人，他自问什么是爱情，这是我们常常自问的问题。不过，很好笑：英文说We're out of it，我们身在其外，但挺起来像是We wrote of it，我们写过它。

"好听。"我笑着评论道，"不过，我知道爱是什么。"

肖恩迷人地看着我："什么？"

"是你。"

"我也知道是什么。"他抱着我说，"是我们。"

他总是说到做到，我很喜欢。

结局……

　　至此，我们可以问是谁写了小说，谁整理了藏书阁，但依我谦卑的看法，这并不重要，因为我们都知道写作是灵感的产物，在这种情况下，也是一位女作家和一个年轻女学生的合作。而眼下，我想告诉你们的是，在你们的众目睽睽之下，别墅没有变成旅馆，也没有变成餐馆，而是以现在的藏书阁为核心，变成一个更大的藏书阁，就叫作简·奥斯汀基金会。这个大藏书阁的阅览室和办公室在二楼，学者大厅和咖啡厅在旧厨房。

　　有很多人参观这个藏书阁，虽然它不在镇上，但有摆渡车服务。这是学者和作家理想的写作基地，因为正如米娅所说，人们在这里可以专心、安静地写作，还有利于激发灵感，唤起情感和细化故事所必要的记忆。我擅长社交的年轻女学生把这称为孤独，她感到压抑。我把这叫作亲密，并从中得到了安慰和快乐的陪伴。不是所有故事都是经验的产物，但都是生活中发亮的碎片。

你们的，

简